黃色評論家

走走——著

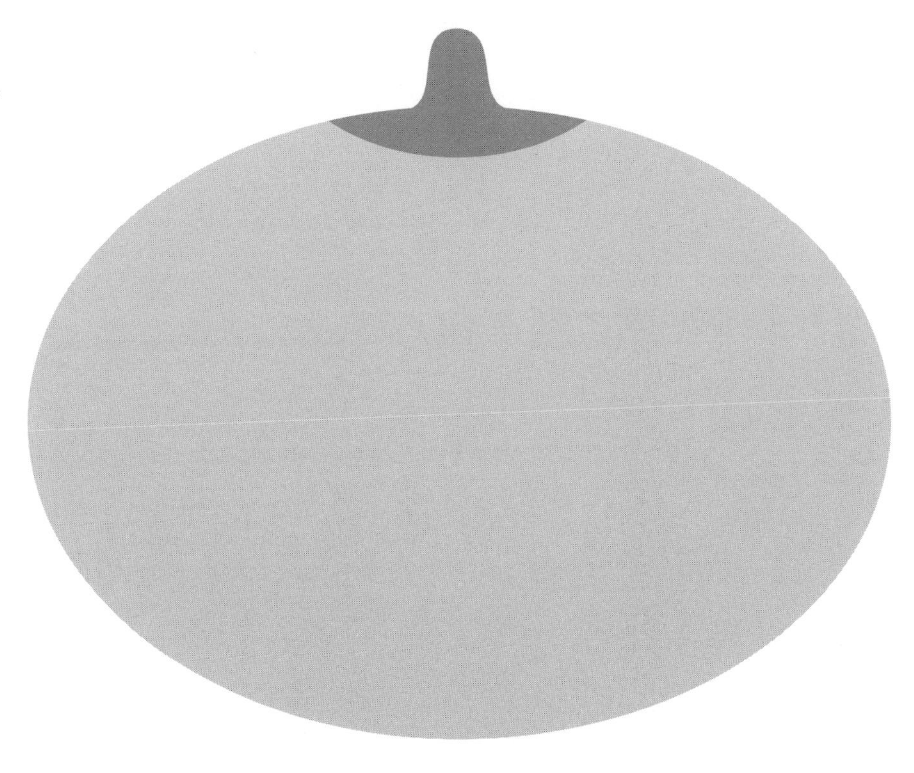

把語言從表意的單一任務中，釋放出來，即使表面上，看起來是種東拉西扯或漫無邊際，這都既不簡單，也不是對語言的蔑視——相反地，這是用另一種方式，注意語言。把語言變成橡皮筋——這會使我們既重新認識了語言、橡皮筋、還加上在環境中的未知物：無論是橡皮筋射出的方向、它被拿來紮什麼、它如何放錯地方、甚至究竟是誰掉了……等等諸多潛在可能性。因此，我會簡單地說，走走的小說是「相當有意思的小說」，這或會被誤以為是輕薄的評語，但對我來說，這是如我對夏宇在〈寓言〉一詩中使用「茶壺」二字的讚歎一般，我表示著深刻的喜歡。走走的小說，有如「茶壺」再來。

——張亦絢（作家）

生活的一切都和性有關，除了性本身。
生活的一切都和政治有關，除了政治本身。
性和政治都關乎權力。

也因此，想由性出發，探討諸如言論之自由（〈零〉）；出版之局限（〈參〉）；作家與評論家、翻譯家與文本的權力反轉（〈壹〉〈貳〉）……這些問題。

而這些故事，都有真實生活作為原型參照，都有「字裡行間」的隱喻暗示。比如：「百名作家抄寫毛澤東延安文藝座談會講話」這樣一條新聞。今天的知識分子，雖仍然都是政治動物，但這些動物「有些具飛騰意味，有些必奔躍而前，有些只匍匐行動，又有些定於一，不飲不食，不鳴不動，不死不生」。而我只想，讓包括我在內的這些知識分子，或曰知道分子，會心一笑。

——走走（本書作者）為臺灣讀者而寫的文本之闡釋

目次

代序　撬開新世界的縫隙

黃德海

閱讀各種被稱為小說的作品的時候，我一直藏著一個隱祕的期待，就是盼望出現那麼一種作品——作者對世界的獨特觀察和思考，儲備已久的閱讀積累，多方面的寫作才華，包括性情所長和所短，都在這個文本裡得到充分展示。我甚至會困惑是不是該稱這樣的文本為小說，但在這樣的作品裡，一定有一條我此前從未留意的縫隙撬開了一整個世界，有什麼我此前遺漏的東西在作品裡顯現。這是一個長久的期待，我在心裡模擬了無數次它的樣子，因此，當讀到走走由八個短篇構成的《黃色評論家》時，我非常確信，這就是我閱讀期盼的實現方式之一。

讀者永遠不能在「我」的行為中認識到我，在「我」和我自己之間，隔著一道安全的深淵。最近我迷上了採訪體小說樣式，偽裝坦白出一些思想、情感。其實在所有文學中，作家所說出的東西都是虛假的，區別只是自己是否希望那是真的。

這是《黃色評論家》裡的「本書作者走走訪談——恰似一部小說」，不妨暫且假定這話是走走的意思。可即便有這樣的安全深淵，走走較為人熟知的小說，中心幾乎都是圍繞她自己的，所有的發生的事情和連帶的感受，都是她感知或觸碰的。這些小說細密流暢，幾乎每一個心理的溝溝坎坎，每一次心情的輕微變化，由輕微的變化導致的或平和或激烈的行為，都讓人覺得準確，值得信任。你幾乎可以從中看到一個勤奮不倦，對任何懈怠都不滿，以至於有些氣鼓鼓地省察著自己，也稍帶冷峭地觀察著周圍人的作者形象。

儘管在我看來，這些作品仍有沉溺於自身經驗之嫌，某些情緒濃得化不開，鬱鬱不歡的調子始終籠罩著整個敘事，缺了點疏朗從容，但如此細部準確而質地硬朗的小說，在此時此地，已經難能可貴。沿著這條路一直走下去，走走或許可以經營出自己的獨特風格，但她是個極容易對自己寫作不滿的人，不用說重複寫某些東西，即使在某個能夠控制的寫作狀態裡駐留太久，對她也是很大的困擾。這本用評論方式寫作的《黃色評論家》，應該看成她毅然決然地走出熟悉之地的嘗試——試驗性文體出現，一個更大的世界隨之展開。

寫《黃色評論家》的時候，走走肯定有意無意地想在小說中加入更豐富的聲息，不讓文本裡的世界太過逼仄。從作品裡，你能看到走走多方面的閱讀積累和多樣性的關注，歷史，小說，理論，政治，身體……原本分茅設蕝的小說和評論、敘事和描寫、事實與虛構、歷史與假設，在這裡有融為一體之勢；她對自我的苛刻和對所處圈子的認知，真實的疼痛和虛擬的傷感，嚴肅的思考和戲謔的筆調，文體試驗的自覺，模仿時的得意和警惕，都一一寫進了文本。這種寫作方式肯定給走走帶來了某種隱祕的快感，以往小說中時或拘謹的文筆，在這個作品裡忽然變得汪洋恣肆，彷彿某個意識的閥門被打開，記憶和技藝以自如的方式湧出——

那些東西，她甚至都沒有試圖躲開。她唯一的動作是咧了咧屁股，好像要把自己藏到那裡面。我抓起一塊石頭，那石頭不大，就和一隻剛生下來不久的小貓咪一樣，貓咪會要東西吃，會自己找奶吃，它鑽了進去。其實那地方對我來說毫無意義，無害的，無用的，無關緊要的。現在那只小貓咪在她體內摸索著，那裡太緊了，我感到自己的手都被扭曲了，貓開始絕望地上躥下跳，亂拱一氣，狂躁地伸出尖利的指甲，在那些沒有亮光的腸道壁上刺啦刺啦直抓。

我突然想看看費雅瑪的臉。

那張臉，因為驚懼折出了很多褶子，彷彿一下子，十七八歲的女孩輪廓癱軟下來，變得年老色衰，時間的古舊氣息帶來不可言喻的順從的迷茫的謙遜。

對模仿的模仿，對造假的造假，卻換來了易地皆然的情景，感受上等值的真實，閱讀心理上的黑雲壓城，作者彷彿在經營一件大事。沒錯，走走好像一直有一件大事要做的樣子，她對自己寫作上處理的小題材一直無法滿意。或許《黃色評論家》的出現，可以讓她暫時安心？

通過這段文字，你無法坐實走走的鋒芒所向，卻肯定知道她在關注著什麼重大的問題，並且這問題重大到了與她或所有人置身的世界的運行狀況相關。如果走走心心念念的那些重大問題如我所想，那我覺得她在這本書中採取的方式，算得上恰當，過此以往，就有過或不及之嫌。因為這些問題，已經重大到了根本不應該用任何正面的方式來寫——「每個嚴肅的人，每個立志以這嚴肅之事為務者，都不會將其書寫下來，以免在人群中激起妒意和困惑」，以免靜謐的夜晚聽到讓人心悸的聲音。

當然，我的擔心有些多餘，在這個作品裡，走走對虛構的熱衷顯然比對重大問題的關注更甚。以評論方式出之的文本，其形式本身，就是撬開新世界的縫隙。評論變成了虛構的一部分，原本只由人物所行所思構成的小說，現在加入了人物的創作，以及他／她的為人和作品被人談論的方式。更有意味的是，這個始終在談論他人和他人作品的評論家，一面是作品的敘述者，一面也面臨他評論的人物和作品的沉默反駁，同時他也可能也是作者反諷的物件。

當一個認真的寫作者用與自己異質的眼光開始書寫的時候，她對作品的忠誠會讓自己的視野開闊，人物就有了更為寬廣的行走空間。也就是說，在這個文本裡，被評論的作品，作品的寫作者，對作品的評論，對評論的反諷，構造出一個充滿張力的空間。這個空間既不是被評論的作品和其作者具備的，也不是評論本身擁有的，更不是作者的反諷可以做到的，而是四者之間的關聯、差異、參差共同製造出來的。這個新異的空間是以往被稱為小說的文本很少踏足的地方，是一塊略顯荒蕪的林中空地。

（壹）寫那一段顯得毫不在乎，我突然想像出她在床上毫不在乎的樣子。那裡面有種東西讓我無法容忍。所以我找到她，向她說出這一點。她突然就發火了，粗暴地盯著我看，但用非常輕的聲音說，「你以為你是誰？你以為你還有感覺？」我從來沒有想像過，她還能有那種審訊似的眼神。這有點令人難堪了。這種眼光，再加上那兩句鄉音未改的普通話，是足以讓人無話可說的。我突然覺得，她就是不值得尊重，這場對話很可笑。

按說，以評論方式展開的虛構，閱讀者本應獲得比單純的敘事作品更多面的故事及其動機，對人與事的判斷有更多的確定性。就像我們從上面這段知道了壹的毫不在乎和非常在乎，作為敘述者的評論家的自以為是和對壹的輕蔑，以及壹在流露出審訊似的眼光後他的反應。可仔細回味的時候，你卻發現這更多的已知，帶來的是更多的未知。原本人物活動的確切性，因為評論的主導，竟然變得多義起來，對人物的單向性判斷，也在評論加入之後變得動搖。怎麼說呢，比如已經學會了使用某種電腦語言，這時忽然有人告訴你這種語言的構造方式，你知道的越多，原先的確定性認知就會變得越模糊。

壹在這個作品中不是置身於一個幽暗的隧道，幫著敘述者探索人性的祕密，她暗暗奪下評論家漫不經心和裝腔作勢的筆，在社會和男性權力的縫隙，匆匆寫下自己的命運，讓自己的人性之祕從隧道走入迷宮——你可以看到可笑的壹，可憐的壹，可悲的壹，屈從於男性遊戲的壹，對自己的身體感受不置可否的壹……可在一個並不願意深入瞭解壹的評論家筆下，你仍然發現，這些並不是壹的全部，在這些之外，另有一種頑韌的什麼東西，給她自己的人生艱難開拓出一個空間。這個艱難的空間，也不是壹有意為之，而是在誤解和蔑視的夾縫裡緩慢生長出來的，因為掙扎的艱難而帶有切實的力量。以往小說敘事本身造成的限制，竟然在評論主導的寫作中被部分克服了，還打開了很多以往（不止是走走的）小說中因過於精密而被遮蔽的空間，這個文本也就有了一種開闢式的粗糲感，直抵人心中某些未經觸碰的區域，就如從未見過的壹的眼神，讓人心驚。

「先進於禮樂，野人也」。如果走走真的有一件大事要做，或許，這裡的緩慢生長和鴻蒙開闢，就該是她的大事——那些莊嚴肅穆的、需要啟蒙給人的、已知的歷史和故事，讓給後進的君子們好了。

一夜
在虛假的陰影裡懸空紛飛
白馬骨、素馨的
雪白絨毛，遮蔽了
天空和安寧

無論正視，還是一瞥
黑夜接著便來臨
受遙控的電動玩具
漫遊迷失進黑暗

而呻吟聲中
陽光重新出現

映出的蒼穹重播那場大雪：雪片漫天飛舞

虛構世界的設定太滿、太實，人物在其中的周轉空間就小，譬如莊子對惠施所說：「夫地非不廣且大也，人之所用容足耳。然則廁足而墊之致黃泉，人尚有用乎？」把人周圍的多餘空間全部摒棄，只讓其踏足作者設定的容足之地，那即使人物在小說中怎樣輾轉騰挪，空間也顯得太過狹窄，氣息也過於急促，不過是作者設定的、表明自身睿智的規定性假動作。

當巴赫金稱杜思妥也夫斯基的小說為「複調」，福克納用四種視角來講述一個故事時，他們一定感受到了虛構帶來的上述局限。同樣，我覺得可以推定，走走試驗這種寫作形式的時候，肯定也是在挑戰虛構的局限。《黃色評論家》的前面五篇，我覺得這種挑戰已經達到了某種高點，雖然有時她過於強烈的道德意識會讓小說流露出明顯價值立場，但大部分篇幅裡，這個文本中的作者立場需要小心翼翼才能辨識，因而也就有了開闊而渾然的氣息。可自第六篇開始，某種急切或峻急的情緒又開始籠罩其上，裡面顯而易見的諷刺和嘲弄，以及某些迫不及待的結論，開始損害作品自身的疏朗和飽滿。

不過，因文本的試驗特性帶來的優勢仍然存在於這部分，就像小說中對上面這首詩的分析，堪稱絕妙的構陷文本，直指某些走走心目中的大事。可是，消解隨之而來——「我同居的小女友看完這一段後懶洋洋地反問我：這難道不只是一首色情短詩嗎？白馬骨、素馨的雪白絨毛，就是用來擦乾淨的紙團滾了一地嘛。電動玩具，就是跳蛋或者電動陰莖呀，漫遊迷失進黑暗，這個，更明顯了……」日常的、本能的、與每一個人的具體相關的東西，瓦解了沉重的別有用心——艱難的追問，真實的反思，都需要從這裡體認並汲取力量。那「陽光重新出現」的地方，不在別處。

評論家　黃德海

一九七七年出生，山東平度人，二〇〇四年復旦大學中文系碩士畢業，現任職於《上海文化》雜誌社。

著有文學評論集《若將飛而未翔》、書評隨筆集《個人底本》，翻譯有《小胡椒成長記》，編選有《書讀完了》、《文化三書》、《野味讀書》等。

黃色評論家

楔子．恰似一部小說——走走訪談&年表

採訪走走是件有意思的事情，「我的經歷就是小說。」這似乎為她已出版的兩部長篇提供了最好的總結。被親生父母放棄，拮据的青少年時代，嚴厲卻有個性的養母，一身的病。「十六歲後我沒有停止過戀愛」，這是不是說明她其實是個害怕孤獨的人？「我結過兩次婚」，看來她渴望有個家，能過過家庭生活……

問：當您知道領養真相時，您十歲，影響您一生的「傷痕」，應該始於此時？

走：唉，只要提起這件事，我的話就會說不完……那個突如其來的真相使我由此產生憂傷，它和我之前的生活沒有任何過渡，自此我被拋入一個人的生存。理應

孤獨。我覺得我同時也可以是生活在另一個城市的另一個人。

那時我一個人住在閣樓上，我用一面小圓鏡觀察自己。觀察自己身上潛在的悲劇性效果。我用鑰匙在書桌上刻下「我恨你們」這幾個字，不過很快又想用橡皮擦掉它們。四個字仍在，橡皮倒被搓掉了一角。什麼才能讓我變得和我那些兄弟姐妹無從比較？應該有一些這樣的標籤：為了可能生下的兒子，戶口被註銷為死亡的女兒；因病而窮困的養母；殺手的情人（殺手和驕傲、行動、短命、回憶有關）；賭技高超的神祕黑衣女子……想像遇到了真實的限定。

於是，十歲時我就有了這樣一種感覺：故事才能給我全新的現實。我想成為一個會講故事的人。今天我可以說，這個選擇沒有錯。我將繼續堅信，小說是我必不可少的需要，它為我展現我想要的世界。

她出生於一九七八年，三歲時被送到上海並一直在上海生活至今。十二歲時養父母離婚。不久養母搬去和愛人同住，這使她獲得了自由。十八歲時她考進復旦大學，早在那之前三年，她已經完成了她的寢室同學在大學的主要任務。

問：曾和您同寢室的同學告訴我，開學第一天，您在日記本上寫下：學習，努力學習，掌握一種真正的智慧；不把時間浪費在穿衣打扮上；淡泊一切過眼雲煙。

走：此前的高三衝刺階段十分緊張，那時我和男友每週做一次愛（我沒有接受過身體的道德觀念而且從來不對自己的欲望產生疑問），對做愛本身我無動於衷，一種放任自流，每週的那個下午我允許自己睡到晚上八點後起來學習，我每天都要求自己完成計畫，我奮鬥了三個月。

我的四年大學生活與我第一天的決心既相稱又不相稱。

大約半年一個的愛情故事使我的心靈確實豐潤，但還不到四溢的程度；在懶散和勤奮之間來去；開始濫用止疼片；無套性生活帶來的一次人流後果；考試期間不誠實的作弊行為。與此同時，憂傷、沉默、安靜、迷茫、憤怒、瘋狂、脆弱，這些詞語不斷出現在我筆下（那時還沒有個人電腦）。它們會和一些特定內容相關，它們足以描畫出一個文藝女青年的行為準則，它們看起來，僅僅是看起來，就具備了纖細、柔弱的靈魂，只等生活來下小小撞擊。

憂傷：手邊沒有止疼片時的無精打采；沉默：別人說的什麼自己不太瞭解；安

靜：不回到那些善解人意因而總是有不止一個女友的男人身邊去；迷茫：拿著某個男人的電話不知道打了會是什麼結果（那些電話抄在一個藍緞面的小電話本上）；憤怒：別人不關心自己；瘋狂：強制某個男人留下來；脆弱：抓住某個肩膀拚命搖撼，喊道：「……！」（但是它們沒能達到安妮寶貝的高度）

疙疙瘩瘩的、折磨人的四年，其內容之重複，無以復加。畢業後事隔一年，她在貝塔斯曼簽約長篇裡，任自己真情流露。「在這本青春殘酷的小說裡我其實放進了我的整個心靈，我的所有溫情，我的全部愛意，它們都沒有經過技巧的偽裝，當然還有我的全部仇恨。」

問：十年之後的今天，您寫出和那時完全相反的東西：技巧的、拼貼的、玩弄的，現在的您更像個變魔術的。

走：我承認，法國新小說教會我很多，這是一種把心理外在化的語言方式。我一直在製造自我之謎，但我其實沒幹過什麼冒險的事兒，沒有那些迷人的故事。為了和其他女人區分開來，我筆下的「我」會勾引自己的繼父；把阿咖酚散兌酒喝；

遭到強姦輪姦，男人的痛打；一個男人路過「我」，出於對身邊人的怨恨「我」會跟那陌生人走；從樓上跳下來砸在一棵老桂花樹上，從此一瘸一拐……讀者永遠不能在「我」的行為中認識到我，在「我」和我自己之間，隔著一道安全的深淵。最近我迷上了採訪體小說樣式，偽裝坦白出一些思想、情感。其實在所有文學中，作家所說出的東西都是虛假的，區別只是自己是否希望那是真的。

她的一些作品，尤其是《961213與961312》中有著超現實主義成分，神祕的女子經過一夜性交魔幻地變成了男人腳下的一塊地毯。

問：在您筆下，愛情往往是可笑的。

走：和你講講我的第一次吧。那時我還很年輕，認為第一次必然與愛情有關。當它進入後，我被一種奇異的不適感壓得透不過氣來。那個瞬間對我是決定性的：我一邊看著那男孩一邊想，他知道他的鼻毛有多長嗎？那些黑色的鼻毛和他的陰莖一樣，外在於它們應該待的地方，並試圖進入我的身體。於是我又打量了一番我的身體，發現只能把我，看成是身體，思想只是某種偶然的、無機的進入、結合、離開。身體任意，思想才能動盪不定。後來我寫了一個小說，〈昏迷〉，在那個故事裡，「我」但凡免費做愛，就會導致昏迷。金錢如此本真，幫助「我」確切地把握住自我，在這個故事的結尾，「我」拿著剛收下的一遝子錢站在鏡子前，輕輕扇著自己耳光，嘴裡喃喃道：「我就是我，我就是我，我就是我……」

她的作品是一種洋洋灑灑的嘮叨：一頁接一頁的描述，幾乎沒有對話。

問：據說您厭惡小說對話，理由是太不符合現實生活？

走：引號中的對話就跟高潮一樣虛假，真實的對話好比射精，是一種非邏輯機制，任何描述都無法充分論證這種非邏輯機制。在《橘子既不是唯一的水果也沒有愛情》中，「我」在鏡子中凝視自己的陰毛，她發現有幾根變白了。她擔心，如果它們持續變白，會發生什麼情況？「多長時間以後我會認不出自己的陰部？而假如我的陰部不再像我以前的，那麼我還會是我嗎？白色是從哪裡開始，又將在哪裡結束？」您看：這些難道不是無可置疑的對話嗎？我的對話，追求某種靈魂深不可測的無限性，不確定性。在另一個小說〈丁乙〉中，我在「我」的腦袋裡裝了個印表機，所有所謂的「內心獨白」密密麻麻，但一天只能用掉一面A4紙，於是我們可以發現，所有自以為異想天開的意識流變成了大量「十」字形的小黑點，最後重複和細緻地擠縮成了一片黑色……

「我對I選擇的領帶顏色很不滿意，大吵一架，然後就離婚了。」走走的「婚姻系列」故事就是這麼開始的。「我」相信自己所有的陰陽失調都是一個叫I的男人造成的。（為什麼偏偏是他？難道僅僅因為I在二十六個英文字母中最接近勃起的陰莖的形狀？）「我」開始跟蹤他，有一天，在酒吧裡，I友好地邀請「我」一起喝一杯，「我」坐在他身邊，試圖記起為什麼跟蹤他，但那念頭奇怪地模糊掉了，以致「我」為了弄清那個念頭，後來嫁給了他。

問：這個「女心系列」您從二十五歲一直寫到了今天，我覺得就像是一場盛大的化裝舞會，舞會上沒有一個人不在變化……「我」一開始是頭腦簡單的，只求做愛「舒坦自在」；不久「我」又變成了一個告密者，不帶一點犯罪感地，將丈夫攻擊極權上司的MSN聊天記錄轉發給了那位上司；再後來，「我」突然變得像佛洛依德一樣，總愛到情人們的童年中去找他們的根，「我」和「我」的那些男人們，

怎麼會有如此之多的可能性？

走：佛集諸弟子講經，有一貓伏佛座下，屏息靜聽。弟子詢佛：此貓是否亦通經典？佛曰：貓有靈性，其命有九，係：通、靈、靜、正、覺、光、精、氣、神。人只得一。關於貓有九命的說法，其實也是一種小說家的技巧，這使我的「女心系列」成為一個巨大的「盜夢空間」，如果把它比喻成一個夢的話。不妨理解成，「我」在沒完沒了地轉世輪迴。事實上，我在試圖描繪我們時代的存在，用一種奇異的變形方式。

在我的筆下，包括「我」，每個人物都是獨一無二、不可模擬的，但都為時短暫，註定要消逝。我的每一篇，是在營造一個奇異瞬間，這種觀察人類的新方法，也許也預示了小說未來的可能性。不妨讀讀我最新的小說〈浮士德博士的情人〉，我寫了「我」這個女作家的一生，順便也梳理了一下中國這一百年的文學史。「我」和密切注視著「我」的才華的浮士德博士上了床，博士和魔鬼所簽的契約上，最終加上了「我」的名字。一個野心勃勃的女作家，完全可以這麼定義我。是的，我已經不屑再寫那些一夜之間便會被人忘個精光的卑微的私小說，誠然它們探幽索微、令人感傷……

問：還是說說您現在真實的婚姻生活吧？

走：瞭解我的真實生活對瞭解我的小說重要嗎？

問：不重要，但，凡是需要瞭解的事情，您的小說本身似乎什麼都沒說……

走：我想，一些細節較為合適：一個星期天的下午，我沒洗臉，沒梳頭，整個人蓬頭垢面的，和他一起出去散步，突然他用胳膊攬住了我的肩膀，我把頭依偎在他身上，這是我認為的幸福，我認為我被溫柔相待了。

我們是第一眼就互相看上的，都覺得對方很有魅力。我第一次去他家鄉看他時，塵土飛揚的街道、只有石凳子沒有樹的小花園、他家四鄰貼著白瓷磚宛如廁所一樣的房子，都輻射出一種巨大的、因為過於世俗而顯得與世隔絕的美麗。他們家以一種和諧的、充滿友好安定彬彬有禮的打量迎接了我。「讓他們倆在一起待一會兒」，你看，他媽媽如此善解人意，知道得給我們的愛留點兒空間。從小我就嚮往一種其樂融融的家庭氛圍。我看著他坐在太陽地裡，背靠著牆，閉著眼，忍不住想像起我們能建立的美好家庭。嗯，妙不可言。當我還是個孩子時，我就已經被同一種想像陶醉過。

可以這麼說，在我這次的婚姻生活裡，我過得心安理得。

問：聽說他是一個著名的評論家？

走：我可只是試圖從他身上抓住他的性愛天性！一個男人的身體對我來說比他的頭腦更有意義。這並不意味著我對他的頭腦不感興趣，但是我並不渴望他的頭腦，我渴望的是這頭腦裡產生的對我的性幻想。

問：您得過不少文學獎，在您得了「子曰」獎的當天，您在微博上寫下了這樣的感言：文學獎不創造作家，作家在作品背後。他們年復一年等在那裡，等著文學獎發現他們。

走：我寫過這麼一個小說：一個作家因為被提名，受邀參加在北京舉行的頒獎活動，於是他去了。參加完了各項活動又回到上海，然後驚訝地在網上讀到了自己得獎的消息。他不敢相信自己的眼睛，但是名字毫無疑問就是他的。很快採訪接踵而來。他匆匆聯繫了北京方面，找到了頒獎活動的文字工作人員，工作人員誠懇道歉，是啊，弄錯了，怎麼辦呢。官方更正聲明不久在一些報紙上刊出。但是這位作家的生活被徹底改變了。不久，他發現一些評論家開始關注起他的作品，把他的作品和那位被弄錯的放在一起比較。他家的電話不時響起，常常有人採訪他。他開始要求自己成為一個真正的得獎者。就這樣，第二年，他竟然真的成了一個得獎作家。

問：作家必須思考自己用過的每一個詞，請您寫下您自己的個人詞典，屬於您並屬於您小說的那些關鍵字……

走：好吧。（這裡寫下的，只是寫下的。）

赤裸

男人總是更尊敬一個赤裸的女人。身上沒有衣服時，你會隱隱約約覺得自己變成了兩個人，你得同時感覺到自己的身體和臉。第一次在一個男人面前寬衣解帶，是有點兒不舒服。不過，這種尷尬不會持續太久的。這是一種終究要經歷的尷尬，就像第一次去婦檢。

觀察

在任何陌生地方，首先觀察鏡子的方向。是鏡子讓一個本該待在鄉下的姑娘換了思想，換了想像，徹底地改頭換面。

觀察一個地方骯髒的角落。當你觀察著那些微塵的時候，坐在你對面的人會懷疑自己：我到底存在嗎？我能和她說話了嗎？她會喜歡我嗎？會對我笑嗎？

夢

夢見自己帶養母去見親生父母，只見到了父親，見了面馬上就吵了起來。在醫院看到了癌症晚期的生母，她的一個乳房露在外面，摸上去十分冰冷，不由得想，也許她早就死了。和養母手把手一起去看戲，上演的是一齣喜劇。就在舞臺上，我認出了一個女人，她露出和我生母一樣的乳房。她也看到了我。她把我帶到她家裡。我們倆開始擁抱、撫摸、親吻。然而，一個陌生男人走了過來……我醒了。

我的夢裡經常出現陌生男人。好像我們曾經見過，但顯然已被我遺忘。

十歲時我曾夢見過一個瘦弱而英俊的泥水匠工人。我後來多次夢見過他。有一次我夢見和他一起坐上一艘船，還看見有一大把長髮在水面上漂。他對我說，「她是從你那裡回來的。」

窗外

總有那麼幾個相似的主題出現在瓊瑤女士的小說中：一個少女愛上她的老師；一個少女愛上一個已婚男人；對愛情的強烈渴望；傷心的分離。那時我在中學裡，我決定喜歡上教數學的老師，他是個已婚男人。很可能我真的愛上過自己的老師。在我的一部小說《數學教師》裡，我把自己寫成一個男人，並讓他愛上了自己的學生。學生和老師最終當然得痛苦分開。學生在十年後結了婚，但她並不真正愛她的丈夫。可憐的女學生們！

重逢

十八歲時我愛上了一個男人，一年後他拋棄了我，在他搬走後我還寫信給他，說我再也不可能愛上別的男人了。很快他就結了婚。那一年我像發了瘋似的，在他家和我家的半夜街道上遊蕩。在好幾個小說裡，我都寫下了「我」自己，如何為他而受盡折磨，結局自然會把他寫死。

十年後的一天，他突然打電話給我約我見面，我同意了。他說他的婚姻並不美滿，但他還沒打算離開妻子。那妻子全面爆發出狂躁症是幾年之後的事情。見到他後我非常失望，他變得如此平庸而且有了一個不小的肚子。在我心目中他曾經是竹子、是煙、是長笛，沒想到變成了一個撥浪鼓。到了這種年紀還想東找西找找人免費上床，好讓自己的生活過得快樂一點，這真是沒有自知之明。

「可惜啦，為時已晚！」這是我對他說的最後一句話。

原型

男人們，我的養母和我自己。對我的親生父母，我沒有什麼感情。他們從未在我的作品中出現過。我對養母有著充滿個性的回憶：我在學校念書時因貧困受人欺負，她卻對此漠不關心（如今怨恨、自憐、痛苦，都已經消退）。十六歲時和人做愛被她堵在屋子裡，當我快要哭出來時，她卻當著那男孩的面哈哈大笑。但她是我心目中理想化的母親，理性、自立，渾身充滿色彩。

至於「我」，甘於貧窮輕視名利；有一種本能感，崇尚向欲而生；關心社會新聞民生疾苦；崇尚精神自由原創；特別討厭某些蠅營狗苟的事情，譬如文壇潛規則……簡而言之，我應該是把自己的性格投射了上去。

我更擅長於塑造男性人物形象，尤其擅長用誇張的方式表現他們的古怪之處。譬如我寫過這樣一個男人，他告訴我，他覺得愛情和友誼完全平等，既然他如此珍視這兩樣東西，所以一定會去追求女朋友的女朋友。他認為那兩個女人之間既不會有敵意，也不會有痛苦。

自傳

應該文筆簡潔，結構奇崛，追溯一個人的生活、命運，以內心獨白的方式。鑒於人在孩提和暮年這兩個極端時期是相似的，自傳顯然不應該在這兩個時期完成，否則生命就成了某種簡化的複製品。但我從來都不是純粹的現實主義作家，我只會虛構不太會發生的事情。因為我的生命是不可能重複的，它只能不斷地向前，向前。所以我只能創造其他人的生命，儘管以自傳，或者回憶錄的方式。我不會寫這樣的自傳：「我出生在某年某月，父母是誰，做什麼工作，我記得他們晚上在家裡如何這般給我講他們編好的童話。我漸漸長大，七歲時進了小學……」怎麼能這麼寫自傳呢?!

如果我來寫自傳……

構思一：分十二節，每節定名為一月、二月，直至十二月，每個月寫一件「我」第一次做的事兒，十二個「第一次」，大致可以歸納出一個人的成形。一個「第一次」可以連鎖出另一個「第一次」，當然也可以互相獨立、互相對立、互相裹挾。

構思二：以一種時間倒流的方式。一開始，展現在讀者面前的是一間燈火通明的小屋子，一台筆記型電腦，坐在它面前的女作家。此後一切都開始倒敘：她去郵局拿稿費匯款單；編輯不以為然搖頭退稿的表情；她從某個男人的床上醒來；她的乳房漸漸隆起，嬰兒肥慢慢消失……直到她回到母親的子宮裡。可以強化環境、背景的變化，突出年代的後退。

構思三：主人公是一位應邀寫自己自傳的女作家。她做她平時做的那些事情（挑衣服、出門見朋友、微博、回家卸妝……）在這一系列非常日常又十分機械的動作之間，她會不斷構思。第二節，背景和人物發生了變化……第三節，繼續變化。原來應邀寫自傳的有N個人（都是女作家，也許會更有意思一點），也就是說，從第一節到最後一節，N個女作家，不同的人物和背景，那些情感那些姿態卻一如既往（可以一展新小說身手，詳細描述不同的建築、燈光、衣服、床、天氣、傢俱的細節）。

評論家或許可以這樣總結：人的真正區別是環境。

構思四：應邀寫自傳的N個女作家一夜醒來，發現洪水降臨到大地。這時諾亞出現了，要求她們各自講述經歷。只有經歷最特別、最與眾不同的那個人才能登上方舟……

於是每個作家都使出渾身解數。小說結尾將是這樣的：諾亞和他的妻子、三個兒子及其媳婦們聽得非常痛苦，尤其諾亞，對自己活過的六百歲非常失望，因為他發現他恪守本分的一生是完全無趣的。於是他讓女作家們統統上了船，最後一句將是這樣的：是虛構重新開啟了生活。

構思五：自傳，是個很有意思的題材，但也很難寫。如果你真實地去描寫它們，反而會使它們變得不那麼真實（否則就沒有「難以置信」這個詞了），創作自傳的本質是走到邏輯、情理之外。也許可以把那些經典的小說片段集中起來，比如從《傷心咖啡店之歌》裡拿一段，再從《挪威的森林》裡截一部分，《情人》裡的片段也會使一個「自傳」看起來很可信……一系列小說的拼合，選擇可以是多種多樣的，但其實，選擇什麼，都基於作者自身意念這個現實。

……

在我看來，有趣的恰恰是呈現出水下的「八分之七」，那些生活中不曾發生的可能性。看不見的，才是看得見的。

所以，把冰山倒過來吧。

一天

自然睡醒。醒來後的頭一件事就是想到：我醒了，但不要急著馬上爬起來。因為醫學知識指出：當人們熟睡時，大腦皮層、人體都處於抑制狀態。如果甦醒後立即坐起和下床直立，是非常危險的，至少容易頭暈。所以即便已經醒了，仍會在床上繼續躺著，也許會看看窗外，判斷一下天氣情況。或者把注意力集中在某個人身上，直到不耐煩。

起床，去衛生間，排空，稱一次體重，然後，朝飲水機走去。

打開電腦，上網看新聞，大約一小時後洗澡，吹乾頭髮，穿好衣服。再次坐回那張雜亂的桌子前。好了，新的一天自此被電腦蠶食了。它的大部分情節都是習慣性的、重複性的動作。就一直這麼生活著。這種公式化的日常生活有一個好處：模糊前天、昨天、今天的界線，這讓我看起來就像前天一樣年輕。

形象

我一貫主張，女作家首先應該是女人，所以絕不能忽視對流行時尚的關注（為了顯示自己不是花瓶而不修邊幅，其實正好服從了男性觀點）。除了關心文字，我也關心衣著服飾。我的母親總是強調：得有件上好的大衣，上好的皮鞋，上好的包（「那樣你去哪裡都是你自己」）。在身材方面，也許可以用「茫然」來形容，一種沒有重點的茫然。所以在色彩方面，我喜歡把自己搞得陰鬱，外表的死氣沉沉恰恰反差出我內心的活躍（鮮明耀眼的色彩除了貢獻出煩躁，還有什麼好處呢？）

一個女人的形象往往在誘惑開始後才留存在對方記憶裡。有這樣一些文藝化的小伎倆：不去看他一眼，只是在經過他身邊時，才偶爾瞥上一眼他手邊的某件東西，在這個時候，可以稍作停頓。抬手，看似撫摸又看似想要拿掉什麼，碰碰自己的頭髮。

然而很多男作家的形象很奇怪，有的上身是一件皮夾克，下身卻是一條肥胖的燈心絨褲子（這樣的人往往偏胖，至少臉蛋很圓，看起來因為憨厚而善良）；有的穿一條運動褲，皮鞋卻擦得錚亮（最令人不快的一種搭配，自以為是的膚淺）。

無聊

人總是在被逼坐在那裡時感到無聊，用餐巾紙疊隨便什麼東西，或者拚命尋找話題跳來跳去，避免就某個問題深談下去。

男人們

我覺得，我和每個男人的交往都挺成功的。我會努力弄清他們對那些他們關心的問題的重要看法，比如知道他們怎麼看自由主義新左派，或者超現實爆炸新寓言，記錄下他們能做出的有趣的評價，這樣的交往，簡直是恰如其分地利用了時間。把話都談完，他開始重複自己的那一天，就可以同他長久地維持朋友關係又無需上床了。

疾病

正是由於體檢醫生的勸告，我才開始每晚十點就乖乖上床睡覺。據説我的心臟供血不足，得「早睡早起」。

為了我的腦血管痙攣症，我已經看了兩年中醫。醫生也確實為我治療到了某種程度（一個月疼上三天左右）。看病的房間很小，六個平方，牆壁刷成白色，醫生穿著白色的外套，窗戶上遮著一層白色的窗簾，窗總是關著。日光燈從天花板上投射下來。醫生坐在一把白色靠背椅上，我坐在一個白色凳子上。兩張拼在一起的桌子，除此之外，房間裡沒有別的傢俱。椅子和凳子擺得很近。在那間房間裡我感到很自在，因為我可以沒精打采地坐在那裡。醫生的手放在我的脈搏上，先右手後左手。當他要求我把嘴對著日光燈張大，讓他看看舌苔時，唉，那就既不能按粗魯男性的方式（兩眼往上一翻），也不能按嫵媚女性的方式（睜一隻眼閉一隻眼），我的方式是眼觀鼻（在極有限度的可能裡所作的選擇）。也許正因為我是來看病的，我才不覺得尷尬。那醫生長得很不錯。這種被觀看類似於一種ＳＭ體驗，你把自己端給醫生，讓他控制你，服從他的決定，盲目吃下他的一切給予。不存在任何不禮貌的質疑或者反抗，否則看病這件事就毫無意義了。

上一次，臨走前我詢問他，我是不是屬於「亞健康」，得到的回答是，你不健康。

害怕

我知道我不會告訴你們的。

走走年表《問》編

一九八一—一九九〇年	三歲時由父母送至上海。養母為卵巢癌患者，對走走很嚴厲，把她視作自己唯一希望。五歲時背誦成語詞典，六歲已背白居易《長恨歌》，七歲看完卡爾維諾所編《義大利童話》，八歲能連猜帶蒙讀《西遊記》。走走回憶自己的童年時說，整個棚戶區，沒有可以一起玩的小朋友。七歲開始撒謊，在謊言中模仿著編寫故事，培養著文學能力。
一九九〇—一九九六年	就讀於上海市第二中學。孤獨行走在上學和放學路上。「我跟養母無話不談，十六歲時她教我避孕。」一九〇年開始，母親搬去和男友同住，走走視此為女人之間的背叛行為。九四年時，與其他班的男同學發生性行為。「他跟我一樣，都是第一次，不同的是，他說很疼，而我沒有流血。」
一九九六—二〇〇〇年	復旦大學就讀。繼父是會計，由於生活習慣和價值觀方面的差異，彼此看不順眼。「我認為不用回家對我大有裨益，總之，增長了對男人們的閱歷，卻也具體地懂得了什麼是人工流產。」

二〇〇一年	與A相識，A為中文系博士，文學趣味偏好法國新小說，幫助走走領略阿蘭・羅伯－格里耶、克洛德・西蒙、蜜雪兒・布托等人的作品，一起閱讀普魯斯特。
二〇〇二年	在採訪畫家B之後，對藝術圈發生興趣。「我心裡想，和那些比我大上一輪的男人交往真是不錯，可以讓我瞭解許多。」這時期，就像她《上海情事》這本小說裡那個跟在藝術家男友身後出入咖啡館、酒吧裡的「我」一樣，隨身攜帶筆記本，每天記下男人們對藝術、美學的言論，整理後發表。
二〇〇三年	開始和大學哲學講師C交往並結婚，「對我來說，哲學是一個獨來獨往的學科，我跟著他讀了很多書，可以說過了一段學習生活。」從那一年的小說中可以看出，走走學習勤奮，大量讀書，尤其熱衷於海德格和劉小楓的著作，「一開始讀劉小楓，不甚理解，C教我，只需把劉書中的詩性替換為『神性』，詩人替換為『信徒』。確實就讀懂了。」也讀尼采，但有點格格不入，最喜歡佛洛依德。那一年快結束時發表散文《我和哲學有個約》，「哲學教會我寫作，從小我總想著別出心裁，結果往往落入俗套……哲學術語讓我懂得，如何把平平庸庸的內容，寫得看起來很有想法。」

二〇〇四年	離婚。起訴全國知名男性作家D抄襲自己作品。後法院宣判D的剽竊行為成立。此前一直默默無聞的走走在該年度變成媒體名人。據說相關媒體曾收到過一位匿名人士的電子郵件，聲稱走走和D曾是情人，並在官司塵埃落定後仍維持情人關係長達半年之久，但「無圖無真相」。
二〇〇五年	在文協大廳聽關於城市和文學講座時認識文協副主席E，「因為以前寫過點小東西，他鼓勵我繼續寫。開始寫真正的東西，寫完就在《秋收》雜誌上發表了……」夏天，與E同游月餘。
二〇〇六年	因文協作家F和E的爭風吃醋乃至在文協門口大打出手，自此被動遠離文協。走走選擇了F，理由是，「因為F不把帽子的問題看得那麼重要。」
二〇〇七年	為探索「人、性、痛、快」的感覺，「重新發現、創建人與人之間的關係」，前往魯迅文學院學習，後根據這段經歷寫成《女洞》這本小說。作品受到著名評論家G矚目，認為「是篇真誠的傑作，很久沒有讀到這樣令人興奮的作品了」。

二〇〇八年	與G結婚，在博客上發表感言，「這一下，『男主外女主內』這一概念算是進入了我的頭腦。我不想讓G幫我，那是卑劣的。也不想讓他評論我的作品。但真的，他和我從此密不可分了。」散文集《我和G風花雪月的事》不久出版。在群發G友人們的郵件中寫道：「謝謝你們長久以來對我作品的關心，儘管我和他成為夫妻，我仍將特立獨行，決不勉強各位閱讀我的新作：）」
二〇〇九年	「子曰」文學大獎正式啟動，G擔任五個終審評委之一。走走新作《含淚勸告愛》獲得提名，在接受採訪時強調，「寫作意在感恩，感恩帶來悲憫。」
二〇一〇年	《嚮往高潮》獲「子曰」文學獎，在微博上寫道：「文學是人學，文學只能人為製造。」

零

有關零的小說，您可以在網上搜索到一些。當然是穀歌而不是百度。即使是穀歌，您也很可能面對這樣一個頁面：您輸入的功能變數名稱或網址無法訪問！點此重試（您重試了但顯然沒有任何改變）。如果仍然無法訪問，建議您檢查網址是否正確、網路連接是否正常（其實一切都挺正常，我們正常的零小姐無非寫了一些有那麼點兒過火、有那麼點兒不符合中國國情的性情小說，而已）。當然，天無絕人之路，您可以試試穀歌的網頁快照，我就是以這種方式閱讀到了她的〈神祕的肛交〉〈在精液裡〉，以及最新的一篇〈口交的悲劇〉。我不相信，光看幾篇小說，自己就能比其他人更多地瞭解她。

我，我是誰呢？您可以把我稱之為：一位輕率的文學評論家（在拉下拉鍊方面尤其輕率）。這種輕率是出於某種奇怪的好奇心，某種心理上的尋根究底。雖然從未仔細地、確切地論證過，但我總是認為，我對那些女作家生活的進入（當然包括身體的進入啦），一定程度上改變了她們的寫作風格，甚至有一位，連文學審美觀都經歷了徹底的變化（從魔幻現實主義徹底轉向了新小說）。她們中的有些人還不知名，但是零不是，她的特點就在於，她能並且願意，一語道破對性困惑不解的地方。這是真正讓我感興趣的。因此，在我仔細地研究了她為人所知的小說的每個細節後，我把她變成了我的女友。

有了我，您看，您不用閱讀她的ＭＳＮ聊天記錄和那些小說（其中有些還得有堅強的毅力並且暫時忘記您的道德觀才看得下去），您就能瞭解一些線索。有關她的。

首先讓我們聽聽她為我提供的青春期回憶吧（老實講，我懷疑其中的真實性）。雖然它們表面上輕描淡寫，有著口頭上的某種隨意，但這些講述本身有一種故意把簡單弄複雜的不良動機……

零生於一九七九年。星座麼，我就略去不提了（什麼，您信那一套？那我只好聳聳肩膀，並對您的心智表示懷疑了）。父親和母親都是書香門第出生，父親尤其讀書近萬卷，足跡遍及中國收費旅遊景點。母親舉止優雅，頗有家教（既不會穿著睡衣上街，也不會頂著滿頭卷髮筒出門），篤信佛教，堅持初一十五去離家最近的廟裡燒香，祈禱佛祖保佑全家發財、無病無災。婚後第三年，他們有了零。十六歲之前，零的生活乏善可陳。進入高一後，她突然想做一個流浪女（後來她寫了不少東西解釋她離家出走的原因）。她拿走家裡所有能拿走的現金，卻隻字未留。對此我不太能理解，除了她本人描述的那種「在路上」的欲望，還需要找出些別的什麼原因。我想她和許多女孩一樣，她出走是因為在家裡得不到幸福。（也許受到過某位親屬的性侵犯？）但她告訴我：這是一個完全正常的舉動，沒必要過度闡釋。她的一篇小說裡這樣寫道：「女孩原本壓根兒沒設想過什麼未來啊生活之類的，完全沒有打算，但有那麼一個瞬間，她覺得自己可憐，再待在屋子裡，自己就會幻滅掉。於是急需找點什麼事情發生，加上天生有父親愛出遊的性格基因，這些當時都一起湧上大腦，從而使她出門去當流浪女。」

一路上沒少跟人做愛，但沒有一個願意為她離開自己的家。就她當時對我描述的口氣而言，我可以猜到她對此心懷不滿，她直言不諱地說道：「男人們都是膽小鬼。」有個雨天，她來到一個陌生的小鎮，渾身濕透，褲腳上沾滿泥，披著一件破了許多洞的塑膠雨衣，口袋裡只剩下幾個硬幣。（她倒是一直帶著一個CD機，完全可以變賣。）貫穿了整個中心區域後，她發現自己來到了一片海灘。然後看到了一艘擱淺在那裡的船。她上了船，發現船上已經住了一個中年男人。他要她留下來為他服務，每天五元錢。十年後，她在小說中敘述了往返海邊與小鎮中心買日用品的情況，包括短暫的性逗留。她把那男人看成是一種上天的考驗。小說寫得生動有趣，所有性描寫拼貼了《肉蒲團》裡的句子，可讀性頗強。

她之後的生活情況大抵如此，在不同的地方，在不同的男人那兒，她得到一些零花錢，外加食宿。她在那些男人家裡讀了一些書（也許是受了她父親博覽群書的影響）。但總體而言，她覺得那些經典名著趣味索然，有一種看完之後一時無法洗乾淨的酸腐氣。她漫不經心地一頁接一頁往下翻，開始構思起自己的人物來。

不過，單只在男人那裡冒險，顯然不是一種勇敢行為。她最終再也不甘心只為男人服務，接受他們強加給她的那根陰莖（男女之間的所有性生活都是平淡的，零認為）。雖然她並不真正喜歡和女人睡覺，但還是決定換換口味。於是，十八歲那年，她有了第一個女朋友。那女孩十五歲。零是這樣描寫她的：「她天生一種任人欺負淩辱的氣質，喜歡穿白色的帆布背帶褲。她的臉精緻到你只想一腳踩爛它。

（哈哈，什麼人哪……）小小的身材上有一對略顯沉重的乳房，行動遲緩。認識的第一天，她在校門口，被一群女生推倒在地上，在眾人的旁觀之下，她的白褲子變髒，頭髮從馬尾狀態被揪散，那頭髮烏黑光亮，散在人行道上，我對那種黑格外有印象。她的頭髮比她的眼睛更黑，更加富有光澤。」

兩個女孩決定互相摸索的那個晚上（關於「互相摸索」，最初我寫成「做愛」，後來覺得，屁大點兒的孩子，還是「互相摸索」合適，「互相摸索」有點探索的意思，又疑慮「互相摸索」文縐縐了些，遂改成「互相摸來摸去」，最後覺得，還是「互相摸索好」，有種少年自視的神聖莊嚴在裡面，「摸來摸去」只有我這種成年老油條，非常世故了，才會這麼用詞吧……），女孩在口袋裡塞滿巧克力、餅乾，還帶上了一塊花桌布（看來一切都盤算好了，連代用床單也在其中），她們向離家較遠的一所學校走去。夜色下，經歷了想像出的一些艱險，她們進入教學樓裡一間窗戶沒關好的教室。女孩的小身體好客地接受了零熱情的手指。但在過程裡，零沒有剪過的手指甲嚴重劃傷了女孩的陰道，她是忍痛翻牆出去的。不久，她藉口自己來了月經，實際是不想零再碰她。後來零耐心仔細地用牙齒磨平了自己的指甲，她以為女孩會繼續被她塗鴉，她們能長期和睦相處（這種自以為是太愚蠢了）。女孩再沒有和她發生過什麼，但她們還是會每天一起走上一段路。交往了三個月，女孩對零的艱苦生活，零對女孩身上的聽天由命性格，彼此都厭煩到了極點。不久零同另一個女孩交了朋友，因此除了在飲食店打零工時憂心忡忡是否又會打碎一只碗外，基本上，零的那段生活還是挺幸福的。（這部分敘述讓我突然想起了郁達夫那個很有名的中篇《她是一個弱女子》。大抵因為其中也有同性戀的部分吧……郁的小說梗概，網上總結如下：一個二十年代的普通女子。在校園裡與一個同性產生了精神戀。又被另一個同性物質誘惑產生了肉體關係。在兩個戀人離開她之際做了兩個老師的情人。軍閥混戰時被軍官強姦。在找到真愛結婚以後，因生活所迫去引誘別的男人。丈夫原諒了她。仍然被日軍輪姦至死。）

有天，有輛長途車停靠到零打工的飯館門口。司機偶然發現他和零是老鄉。他就邀請零跟他一塊上路。還是根據零的小說我得知：他勸零睡在車頭窗邊，夜半換班後，經過一番小搏鬥，他到底成功上了她，但她終於趁中途停車上洗手間時逃脫。她後來的流浪生活比前面更糟糕了些。她遇到過虐待狂，被繩子綁在床上過，不久她又靠新認識的當地女孩逃離，她們倆結伴坐車來到一個島上。她們在旅館裡打短工，她有時還幫新認識的單身男客人手淫口交。她不喜歡性交，對男人更無興趣。但和男人一起，錢來得快。最後，錢攢夠了，她離開女孩，搭了一艘船來到另一處小島。在那兒，她又做了些什麼暫時不得而知。據說謀到一份打字員的工作，一年後又被解雇。

零的小說一般敘述到她二十歲為止。二十歲。那時的照片我可一張都沒見過。但是根據她三十歲時拍攝的一些照片，我們可以想像得出，她二十歲時，應該是個身材苗條、體形勻稱、眼泛桃花的女孩子，大大的眼睛，筆挺的鼻樑，一頭天生的捲髮。

她的二十歲生日是在她自己家過的。回到城市後，她發現父母對她的經歷其實很感興趣，他們把她看作異類，但他們從不提起這個話題。她決定在網上講講自己的歷險記，有網友慫恿她寫書，寫一本中國黃色山寨版《在路上》，她就真的寫了起來。

描述她和眾多男人女人性經歷的書寫完了，她想靠那掙錢。她把書稿發給一些書商，但沒人願意出版。只好貼到網上，大受歡迎。她重拾信心，又寫了幾個描述自己歷險的中篇，取名《出淤泥記》。

《出淤泥記》於二〇〇二年二月，全版問世終點中文網。那一年她有了固定男友。為此她遷進男友的房子裡，同居的還有男友的父母和爺爺。（我無法知道她離開自己的父母，去和別人的父母朝夕相處的原因。）她專心從事寫作。但幾個月後，她再度離家出走。這次是以網路寫手的身分，去見一位願意安排出版的書商。有篇散文描述她的此番經歷。「從上海，到北京，在馬路上行走。」這篇回憶文章枯燥無味，扼要如下：「二〇〇二年夏天，我在北京。寫〈操愛〉。當年秋天，已然思鄉心切，無意久留，匆匆回家，放棄了書商們的誘人邀請——其中，白書商邀請我去他的密雲別墅小住一周，流覽他的古玩收藏。黑書商建議我去他家流覽他的藏書。我回到上海。二〇〇二年十月。」

回到上海後她為自己租了房子住了下來。在她的一篇博客中平淡地提到：「在不安靜的環境下寫〈操愛〉，整天坐在電腦前，一坐就坐到深夜十一點，卻一字不寫。黃昏有時去街上散散步。很早就起床，只在晚飯前外出散散步。有時和酒吧新認識的男人睡覺，權當鍛鍊身體。有過幾次，為晚來的月經擔憂。」

在出租房裡安定下來後，她發現一個靠網路出名的女寫手就住在附近。她對這位比她年長十一歲的作家懷有一種出於好奇的愛慕之情。經常在散步後，依靠夜色掩護，朝女寫手的信箱裡扔進一封激情洋溢的機打情書。現摘抄一封中的一段：「我深感房屋仲介的冥冥力量，借由一條馬路與您相識。也許很快您和我都會搬家，但這種離去本身並不會讓我心生怨言。因一條馬路而產生的心滿意足，您能想像嗎？我並不指望真正與您相識，生命也好，情感也罷，都談不上什麼不朽，我無非只是想和您探討一番印度的《愛經》罷了。靈與肉，身體，靈魂，這些都是他者，都是超越人類知識範圍的事情，身體的教誨勝過……」但那位是個深居簡出（一周上一次大賣場）、沉默如謎、不善言辭的巨蟹宅女。這種感情很可能使得那位著名女寫手坐立不安，以為自己成了生活版《後窗》裡被窺探的物件，這讓她對整個街道都產生了恐懼和厭倦，於是，她很快和自己的房東談了談，飛快搬走了。

女寫手搬走以後，零因為若有所思而若有所失。在此後將近一年的小說創作中，她是這樣描寫她的一位雙性戀女主人公的：「誰也沒有太大的把握，敢肯定自己真能給她一次了不起的高潮。（您不認為這本身就是件很了不起的事麼？）一個有顆不太誠實、卻還算熱情的心的女人，一個因為書寫、表達而顯得有靈魂、有智慧的女人，一個自以為對自己的生活和G點都瞭若指掌的女人。在她的崇拜者面前，她是誠摯坦率的（為此您得原諒她時不時的小小刻薄），在收銀員和保安面前，她也是彬彬有禮的。在她的書商面前，她顯得溫柔謙遜。她為自己十分犀利的觀察力（注意，不是洞察力）而沾沾自喜，卻在長達一年時間裡，不曾注意過她的一位男伴，天生少白頭。她的眼睛既不太大又不太小，深度近視因此眼球微凸，好像有了兩片隱形眼鏡，就能把一切盡收眼底。不過，五官總體恰如其分。我無法解釋，為什麼她喜歡的人，無論男女，都長著一對小眼睛。（她又是怎麼做到男女通吃這一點的呢？）她的身材也並不曼妙，相當普通的梨形身材……」

為了向讀者諸君證明零並不是在描述自己，有必要簡單勾勒一番零的長相：她的臉上最引人注目的是鼻子，非常筆挺，而且略帶鷹鉤。嘴巴一看就富有激情。身材纖瘦，但體態卻並不挺拔，流露出一股介於羅莉和老太婆之間的神情。說話時她從下往上看人，眉飛色舞，又擺手又點頭，顯得很有指揮家的力量。我第一次見到她，是在一個文學沙龍，她談論起臺灣女同小說，神情生氣勃勃，但後來有人提到寫了《鱷魚手記》和《蒙馬特遺書》，二十六歲在巴黎寓所自殺身亡的邱妙津，她的臉上就出來一種安靜的抑鬱的表情，後來我才發現，骨子裡她是內向的，甚至有點自閉的。在她和你做完愛後，你能很快感覺到，對她而言，此時此刻已經過去。她會懶洋洋地瞥你一眼，然後用一卷手紙，把精液也好分泌物也好，統統吸附。這個姿勢有著異乎尋常的吸引力，不讓你繼續探索她，又明知道能把你吸住。

自從著名女寫手離開那個區域，她的暗中好奇也宣告結束。這個時候，迫切需要情感宣洩的零終於等來了一段深沉、穩重，卻又在性方面窘迫得捉襟見肘的同居生活。

她將自己終於寫完的長篇〈操愛〉第一時間發給了某位圖書編輯，但對方回信聲稱並不喜歡。還說女人不會喜歡，男人也不會喜歡。驕傲的零不想承受如此輕視和打擊，她決定會會那位不對自己胃口的編輯。事實是，「當晚他就把他的那雙手擱上了我的乳房。那手指，短而粗，右手中指第一節和第二節交界處有處隆起的年久日深的老繭。全是做好孩子上課記筆記弄出來的吧。下起雨來，我允許他留在我家裡，一切語言暫停，真不錯……」但有著那麼一雙醜陋雙手的人，怎麼可能真正佔有嬌嫩本身呢？好像總有男人願意週期性解決零的性饑渴。那編輯倒是眼開眼閉，大概一年光景。此人為人老實，有自知之明，他還想過給零謀個正式工作幹幹，東找西託，但是因為零的學歷太低，沒有辦成。零只好繼續操筆寫作。有一次，她還不幸罹患了尖銳濕疣（常在河邊走，哪有不濕鞋？）。還是這個編輯，耐心為她打了手電筒塗藥水。半年後她第一次出走，去了南方一帶，回來後居然靠做網站兼職編輯小有收入。幾個月後她又離開了一次，據說搭乘了驢友的吉普車，駛向新疆戈壁。不過可不要以為她的冒險精神不減當年，不知是她對那些車隊裡的男人們膩味了，還是男人們用她用煩了，她自己買了火車票回家。編輯已經忍無可忍人去房空。

為了紀念這個好脾氣的傢伙，零重寫了，或者說，改寫了〈操愛〉，二〇〇四年，這本更名為《純愛》的小說問世，立刻登上暢銷書榜。

（看到這裡，我親愛的讀者，您會不會覺得我如此簡述零的生平，是否遺漏了些什麼重要的東西？）

是的，您真是火眼金睛，我略去了零父親的去世和母親的改嫁（彷彿這兩件事無關重要）。零的父親死於她二十三歲那年（好記性的您突然想了起來，正是那一年，零在網上公開發表了《出淤泥記》），他自殺時五十歲。我肯定零有些日記什麼的記錄了那個事件。現在我只能假設她把它們藏了起來。其實，自從零十六歲離家出走，她父親的精神狀態就每況愈下。但是二〇〇二那一年，一月他還健在，二月突然自殺，難道零作為一個作家，竟沒有對他父親的死因刨根究柢？至少，以她出賣起男人們性隱私的速度而言，她對父親之死，顯然應有所披露。我這個徹頭徹尾的局外人，只不過和他女兒睡了幾個月覺，都會好奇不已：比如，如果他是自殺，是什麼造成他這麼幹的？（他在家裡的衛生間，用兩條繫在一起的毛巾，將身體懸掛在衛生間水龍頭上，半蹲著以一種極為痛苦的方式結束了自己的生命。）他在最後一刻的心境如何？究竟是什麼逼他走這步棋呢？而他妻子，零的母親又怎麼會很快改嫁，從此在零的敘述中杳無音訊？而零自己也很快離家，去北京待了好幾個月。鑒於誰也沒有去殯儀館送行這位男士（他唯一的妻子和他唯一的女兒都沒露面），人們自然會猜測，這個家庭，似乎發生過一些什麼。就我所知，零的母親似乎是位一切正常、溫柔和善的好媽媽，奇怪的是，還是就我所知，自從她改嫁之後，她再沒有與自己唯一的親生女兒聯繫過。

我仔細閱讀了零所有的公開文字，對人物進行解碼，比如，小說中出現過一個寵愛小貓小狗卻對自己的孫子孫女極為冷酷的老人形象（是否可以解釋為零對自己父親有所不滿？）。零有一些書評影評，討論「黑暗中的孩子」「迷失的天使」之類，這些評論寫得實事求是，語氣誠懇。比如有一部影片，把父親與孩子們的關係描繪得可憎而恐懼，片中的父親是個脾氣暴躁、毫無耐心的傢伙，說話刻薄，把他們往死裡揍。零的評論如下：「……女兒通常會天生迷戀父親，但在影片裡，恰恰是最柔弱的小女兒，親手劈開了那個酗酒的大腦袋。攤上這樣一個父親，你只會痛苦地後悔自己健康出世並且沒有在發育前早早夭折掉。有了這樣的父親，哪個女人會對男人們的那件玩意兒有美好的想像呢？」看來，零對這部名為《爸不得幹你》（如此古怪的譯名顯然出自港臺版）的影片情緒強烈，我小心地旁敲側擊過，她的回答是，片中父親這個胖子形象，比起他的行為來更讓她倒胃口。其實在我看來，那父親無非有幾次回到家時，已經酩酊大醉，結果上錯床而已。（零和父親的情況是更好還是更糟？是更文藝還是更三級呢？）不過我得趕緊補上一句：有關零和她父親的故事，我可一點沒有具體的證據。但是幾乎也沒有什麼證據可以證明零愛她的父親。

零和我睡到一起時，不過三十出頭。我覺得她的小說，可讀性越來越少，文學性倒是越來越強。（性描寫的段落被大幅度削減，吳爾芙式老女人的意識流卻長篇累牘）。我這就給大家詳細講講她的處女作《出淤泥記》和她最近剛寫完的長篇〈到髮廊去〉。就可讀性而言，《出淤泥記》要勝出一籌，它坦率地描述了女主人公在路上流浪的經歷（但它們多大程度上符合事實呢？在零對我的講述中，比如在同一個地方，有時是待了一個月，有時又變成了好幾個月。不過她自己也承認，她的青春期性冒險並不像她自己寫的那麼聳人聽聞，還有，逃脫那些老男人的糾纏也並不那麼困難）。《出淤泥記》中收錄的最後一篇就是一個逃跑故事，異裝癖患者絲襪和高跟鞋的攻擊一看就是無稽之談。危險本身過於浪漫，難以置信，顯然是看了一些異裝癖患者新聞拼湊出來的產物。旨在將自己寫成性森林裡的小紅帽，而不顧邏輯學、心理學、病理學的常識。

然而，〈到髮廊去〉卻有點兒像事實和性幻想的大雜燴。小說裡有一個老實頭，幾次三番找了同一個髮廊小妹洗頭，很願意洗耳恭聽小妹的歷險記。這小妹每次都和他講同一個故事但每次又總是很敬業地試圖把故事講得更好些，講得更聲色犬馬更引人入勝一點。因此在每一次新的講述裡，她都隨心所欲地對最初那個原故事添枝加葉。然後男人付錢走人。小妹在洗下一個頭的時候就會變得有些心不在焉，她會想一想，自己最初那個平鋪直敘的、簡單的、並不特別吸引人的故事。然後煞費腦筋地想一想，自己為什麼要加上那些橋段。唉，事實上，〈到髮廊去〉真像一個意識流彙編（外加拼貼），其中有小妹每天聽到的客人閒談，也有經過精心加工的男女雙方互動的性幻想。我們心細如髮的作者零還巧妙地重複著混跡路邊紅燈髮廊的男人們的語言的粗魯，而且在不同的地方原封不動地引用了三次同一個黃段子：爸爸，為什麼男人和女人做愛，好像都是女人比較舒服呢？你想想，用你的手指挖鼻屎，是鼻子舒服還是手舒服呢？那為什麼她們在被強姦的時候好像很痛苦呢？你想想要是你在大街上走著有人走過來挖你鼻孔你會舒服嗎？那男人為什麼都不喜歡戴套呢？你喜歡帶著手套來挖鼻屎嗎？那為什麼女人來月經的時候都不做愛呢？你會在你流鼻血的時候挖鼻子嗎？（這個黃段子如此冗長，讓我覺得很不舒服，大抵是裡面有些小知識分子聰明的緣故？）

如果和其他一些關鍵字同樣為青春、性的女作家相比，零算寫得不錯。她比較喜歡使用一般女作家不會用的野蠻詞彙，而不用曖昧風騷的柔軟詞彙。比如：她經常用醫學術語稱呼性器官；喜歡把陰道叫做下水道；她不說一個人愛一另一個人，或者喜歡，而說一件舊傢伙與另一件舊傢伙「短兵相接」；不像多數人說接吻，她卻說「口氣的近距離蔓延」；她寧願說腫疼的呻吟「表現」出高潮，而不是真正到了高潮。

然而，兩部作品裡作者的形象倒是清清楚楚浮現在眼前了：性欲洋溢，樂於服務和被服務，但並不亢奮。更願意為一件皮衣神魂顛倒，而不是一個帥哥。男人們總在大獻殷勤。但如果仔細比對，會發現，還是有些什麼異乎尋常的東西。厭惡。（這正是一般青春文學作品不刻意強調的，忽視的。）作者以厭惡之情描寫男人、女孩，哪怕描寫他們剛剛爬上的一座山，都懷有強烈的反感（「讓一切位移等於零的龐然蠢貨」）。零的身上，比一般三十來歲的女人身上有著更多的東西，唯一的解釋，按照佛洛依德的理論就是，她的古怪童年在作祟。而且她似乎自己意識到了這種性格。「我生來消極悲觀，有暴力傾向，」她在〈到髮廊去〉的後記裡寫道：「上學時喜歡用一節課的時間折斷一支長城牌鉛筆，後來坐到了男人身上，在夜裡，常常在扭動腰胯的時候用足了勁，狠狠的，想像自己赤身緊裹貂皮大衣，坐在那片小腹上，深深吸氣，猛然用陰道夾擰掉那根陰莖。」

這個表面正常、平凡的女人什麼時候開始有如此陰鬱的想像力？沒辦法，現在是性意識論決定一切的年代，我很自然地就會去尋找某種性的因素來解釋這種古怪的情況。

我找到了一篇她很久以前寫了好幾章，卻最終沒能完成的小說。〈媽的〉。小說開篇，繼續坦率地敘述她的性歷險記，但是後來，她把她媽媽扯了進來，這故事就變得有點荒誕不經了。故事的中心思想我概括如下：女主人公對性過程本身「一根陰莖不能同時插進兩個陰道」這種完全專一佔有做了探討。（她是否想說，性本身充滿哲學意味而且性不撒謊？這句話要停下來嚼一下，嚼一下還不一定清楚……）

由此看來，1.愛充滿了謊言；2.愛不是神聖的、神祕的；3.性才是真實的、神聖的、神祕的。在主人公求證期間，主人公的母親對做愛的無所顧忌和歡愉觸動了主人公。她深受煎熬。不知道是因為愛戀母親而感到失落，還是她為母親擁有眼花繚亂的情人而感到羞恥、嫉妒。小說自此急轉直下，開始攻擊起母親，但同時又恰恰是在追尋母親失去的魅力，追尋她自己……有天主人公在街上發現一個酷似她童年模樣的女孩（啦啦啦，快樂的童年），但她把她跟丟了。雖然主人公繼續有一搭沒一搭等待一次又一次的插入，並經常就女權主義，以及一系列有關性和身體的話題高談闊論（表現得相當機智聰明），但就是找不到那個女孩。她再沒見過她。

我見過零的屋子裡為數不多的她母親的照片。她的模樣至少說明，她看起來完全不像一個蕩婦，她甚至不善於看著鏡頭。（或許鏡頭聚焦的影像沒法把她不穿衣服時的樣子表現出來？）但是一個聲稱信仰佛教的女人能浪蕩到哪裡去呢。（雖然她可能不夠聰明，隨波逐流。）我曾經單刀直入問過零，為什麼要把一個母親的形象塑造成那樣？她避開不談，卻大談起了她母親的優點：什麼她喜歡寫信（在這個不再吸墨水選信紙的年代），她走路時永遠只看著腳前一塊地（因此完全沒有好高騖遠的嫌疑），她對女兒從來不付一分錢家用毫無怨言（雖然她其實是個砍價明智、實惠過日子的女人）。顯然，她對零的創作感到困惑，因為零一意孤行地糟蹋男人女人和諧做愛的形象，為此在官方純文學圈子裡聲名掃地（但她並不感到遺憾），她對零的所作所為繼續帶著懷疑卻堅定不移地支持。也許她並不是一位有學問的媽媽，但她是一個和藹可親的好媽媽。

所以，如果有人要東猜西想，我覺得——

第一種可能：不妨把那個奇異的故事看做是零對童年表示懷念的一個跡象。（可是她的童年真的快樂嗎？零的屋子裡，她小時候的照片可是一張也找不到。她的父母生了她，但是父母並不僅僅為了讓孩子快樂才生他們。）

第二種可能：零自己過夠了漂泊動盪的生活，她想在感情上、肉體上都安定下來，她並不是她自己聲稱的那樣，「生性喜愛流浪」，（從十六歲到二十歲，整整四年，冒險的欲望也該得到滿足了。）她以後的冒險都只不過是複製、粘貼。她自己也曾寫道：「和男人在一起，她從不幸福；而離開了男人，也並不幸福。」

第三種可能：零對母親並不單純懷有子女之愛，而是一種古怪的依戀和不知該如何發洩的仇恨。發現自己不希望像母親一樣，但又發現自己越來越像母親一樣。零可不是第一個有這樣遭遇的女孩。我認為很可能零忍受了某種東西，可能母親給予的不是她所期待的，但是她沒有毀去母親的照片。

其實我並非一定要討論零的小說，我只是覺得，她的小說有某種荒謬性，有時它們就像出自一位十六歲女高中生之手。作者有著神經質的腦袋，但只能用語文課本上最糟糕的那些語言組織起一個不太浪漫的小說。（偶爾也有寓意深長的話語：「女人在痛苦中進行交媾，女性荷爾蒙的激情不時促使她們迎合，有力地扭動，這就像某類虛張聲勢的雄辯家。」）我覺得精神分析學家有必要研究她的作品，我很樂意提供幫助。

不過，以上所述，對真正好奇零的作品的讀者諸君而言，都是雞毛蒜皮。為了讓大家能各自保留各自的態度，我在這篇小文的最後摘抄一段，在我看來，這一段的風格，零達到了自身最完美無缺的地步。當然，那是因為她和我在一起，正處於最佳狀態……

「她的陰蒂感到孤獨。說真的，陰蒂一直是孤獨的。它的孩提時期可能並不孤獨。小時候，有幾根手指，就是長在一些舊照片、舊全家福上，那些放在身體兩側的手上的那幾根玩意兒，樂意偷偷陪著它玩兒。但好景不長。後來又有一個時期，在她離開家庭以後。陰蒂雖然總同她在一起，它卻總是孤獨的。與手指在一起的時間是美好的，但十分難得。它找過童年的那幾根手指，但好像被一個既不愛她又不愛它的什麼人藏在了什麼地方。不久以前，她同兩個男人輪流做愛的時候，陰蒂也是孤獨的。同手指，有歡樂也有痛苦，有的手指充滿溫情，有的手指讓它毫無快樂可言。它太實在，智商也不高，分不清手指和手指有什麼不同之處。它同陰道離得不遠，可算是在一起，但仍是孤獨的。陰道常常愁眉苦臉，好像自己是被她寄養在遠離中樞系統的偏僻的古裡古怪的死胡同裡。陰道即使與陰莖在一起也是孤獨的。因為陰莖總是剛剛離開。陰莖一般只在早晚各來拜訪一次。陰蒂看著陰道洗澡、塗『婦炎潔』、收縮，被精液撒尿一樣對待。陰莖的長相各異，因此陰蒂有時感歎世事風雲變幻無常，而自己就像一隻被拴在椅子腿上的小動物，沒到寵物級別，沒有理由得到愛。陰蒂懷疑從前那些年輕的手指，為了追逐它們，它打算遠走他鄉。比如脫離開下半身，向上半身學習，如何狂吻嘴唇之類。但陰蒂也經常覺得上半身蠢，她蠢。被男人操作，有時被欺騙，甚至不知不覺地被傷害。它發現它寄居的那個身體如此庸庸碌碌。

「陰蒂決定躲起來孑然一身，孤獨得不能再孤獨的時候，反而孤獨不起來了。」

壹

一切都是運動
一切都是靜止
一切都是沒有高潮的開始
一切都是一刻即逝的失語
一切衝撞都沒有物件
一切呻吟都沒有所指
一切愛情都是重複
一切陰莖都是初逢
一切絕望都在嘴裡

一切激情都在套中
一切交歡都帶著交換
一切性具都帶著面具
一切濕潤都有冗長的乾涸
一切勃起都有永恆的陽痿

——壹《一切》

很難弄明白壹為什麼寫詩。特別是寫下這種散發著冷冰冰水泥氣質，既不優美又沒情欲，並因為用了過多性器官術語而不時被我民和諧掉的詩。她的詩是傳統的，傳統到索性師承名人，但還是別具一格，有些東西，屬於她自己。

我認識她時她還只有二十幾歲，在一個小地方長大，到了大上海，不斷感歎曾經的生活所在多麼荒涼：幾分鐘前，我走到屋外／從那裡我可以看見塵土和濃痰／那是上個月有人經過時留下的／貶義的寧靜。需要大喊／沒有鳥歌唱。當我穿上裙子／一隻雞過來啄我的小腿／幸好它不是真絲的。但即使不是真絲的也沒有人能責備我轉身／踢飛那隻雞。

她自視甚高，來到大城市碰碰運氣，第一個睡了她的男人是她在火車上認識的，一個據她形容桀驁不馴的男人。她跟著他去了成都，又跟著另一個詩人去了北京，最後和一個詩刊編輯落腳上海。做過四次流產手術，患過一次黴菌性陰道炎，有過她自己都懶得數的性伴，然而，她卻始終認為寫詩是一生唯一值得去做的事。僅僅因為這一點，我也願意承認她是一個詩人（注意，不只是一個女詩人）。

她在男詩人們的狗窩裡讀了一些詩集。為了表達她對那些詩人的喜愛，她在男人們用光的菸盒反面寫下詩篇，絕大部分是模仿之作。她曾為海子作過輓詩……在接受一個地方文學報採訪時她闡述了她那輓詩背後更為深刻的動機：詩行努力把死者與生者聯繫起來，建立起一個完全陌生的形象，保存一種難以捉摸的死之神祕。

這一生　你連　一次／高潮都沒得到，這樣下去不行／你打算來次狠狠的　得到／你最後的詞語是什麼？／我想你在叫你自己親愛的，感覺自己／在這個世上被色情地大力地撫摸了／第一次

她最讓我著迷的品質之一是她的那種恬不知恥（這真是一種強大的精神力量）。她在早年的一首詩裡表達了她對自己的瞭解：

脫光了可真快活！／儘管毫無樂趣，但我仍舊欣賞／白皙表面的雞皮疙瘩／第

N號陰莖上的第N顆黑色素／我必須配合歎氣，／將聲音全都壓扁壓細，／才能有所收穫。我寫下的詩句，／那比最肥碩肚子更沉重的包袱／我背著它們四處奔走的生活。比起那些，／比起那一次又一次的／失敗／創造讓人感覺到的性欲／最簡單的人類活動。／我梳妝打扮只為／幾行黑字在白紙上／侍女和妓女的區別。然後，／穿過黏濕的濕歌／走向詩歌

這詩的語調實在沒什麼詩的特色，我選出來是為了在後面詳細解釋她欲望上的某種矛盾。總之壹肯定不是中國詩人中傑出之流，但她肯定是相當多產的一位，共寫下三千六百五十多首詩。我認識她時她還默默無聞，但很快就因為讓男詩人們充滿強烈的欲望和厭惡名揚數省。詩歌編輯們認為她的行為本身揭示了一個詩人縱欲、隨性的形象。少數女權主義詩評人研究了她一貫關心的性交、情緒和永恆的愛情主題，都去強調她的絕望，然而在我之前，很少有人承認，她的性冷淡對於決定她的生活和詩作起了很大的作用……她對性的態度有時讓我想像出一個養了無數黑貓、穿著還算流行的老處女。壹的生活和她所謂的藝術，在一邊厭惡一邊諸君自便的氛圍內發展，在某種刻意的獻身和受虐想像中發展。男人們的取用自如、文壇的潛規則和她的個人選擇，反而成就了她的想像力。

她在一首詩中這樣寫道：

拔出是最殘酷的動作，掛下了／乳白花，從奎拉拉的頭上，雜混著／體液和空虛，鼓動著／呆鈍的神經，以粗糙的手紙

我有一次問她，她把它們定義為什麼？回答是稱為器官詩比較合適。我的興趣顯然不在詩上，而是集中於她的下身。很快我就遇到了所有對她有企圖的男人必須克服的困難之一，就是要使整個過程變得自然一些。她的身體倒是順順當當就那麼一脫一躺，就在我打算告訴她關於我的性習慣，她需要知道的一些細節的同時，她做出了一副準備好傾聽的表情……發生了怎樣的事情？讀者們，請你們大膽猜一下。她從床邊櫃裡掏出了一支錄音筆！這個銀色的小玩意我有所耳聞，但如此沒有過渡，還是讓我陽痿了片刻。後來我從背後幹她的時候居然走了神，覺得自己就像是在追蹤一條細細的黑色的電線進入了隧道。

像一般詩人一樣，壹也是只能根據自己來設計詩裡的形象。不過她聰明地意識到了自己的矛盾，就以自己為原型，創造了兩種迥然的個性。第一種是抽象的（如同她陰蒂陰道的麻木一樣，追求精神上的旁觀，不想為愛情做什麼折騰），第二種則是帶有頹靡和瘋狂的色彩，引自己的軀體為驕傲，對男人們的傲慢寬宏大量。這

兩種形象我都不太喜歡，茲引其蹩腳詩行為證：

我的幽樂之門在關閉前已經關閉——從此它不再需要等待／高潮巨大，令人難堪；放鬆敞開／是我對男人所知的全部（第一種）

沒有什麼。只有長而柔軟的棍。／只有精斑的下午伸長的一截故事。／我不知道為什麼這個我從未認出的兇器／在這一刻與我深入（第二種）

有天下午我們在以傳道士方式性交期間的對話錄音如下：

我：你怎麼看待愛情？

壹：愛情，通常總是蒼白的、古板的。我二十來歲那會兒就像個小傻瓜，總在蠢頭蠢腦地呼吸二手菸，一邊熬夜一邊賣弄風情。

我：你現在讓男人感到挺棘手的。

壹：嗨，棘手才能讓男人有所花費。時間也好，金錢也好，幫我發表作品也好。反正激情總是要減弱的，性本身是冗長乏味的。

我：作為男人，最好什麼也不做，避免做愛，只是等待女人自己毀滅自己。

壹：這句我要了，你以後不能再用，也不能告訴別人！

（事後她告訴我，因為得到了這個句子，她竟然難得地到了半次高潮。）

作為一個專門研究女性文學色情動機的評論家，我當然要慣例地問問她的童年、家庭、父母兄弟之類。她告訴我他們生活幸福，雖然家境貧困。姐姐已經有了兩個孩子。這顯然不是我想要的答案。於是她給了我另一個稍有詩意的版本。母親嘮嘮叨叨，父親對什麼都不上心，好像隨便扔給他一點剩飯都能吃得高高興興。姐姐比過去胖多了，還是那副好脾氣，可也一點沒有比以前更聰明。然後她問我，這算是幸福大結局，還是深刻大悲劇？（我相信她講的是真話）

壹說，她從來沒想過，自己會成為一個不看重身體的女人。她是客家人的孩子，這方面，本應看得比較重要。「為了發表唄，不得不這麼做。反正身體是我從父母那裡繼承來的全部財產。」她回憶起自己第一個詩人男朋友，「他性欲很強，除非喝酒醉倒，一般總是一夜數次。他的身材不高，看起來也不怎麼強壯，但每次做上一個小時也不覺得累。有時也跟朋友出去玩女人，幸好還記得戴套。」他們在一起時，那人對她從沒表達過強烈的愛意，她跟了另一個詩人後，那人不知是悔恨還是嫉妒，狠狠謾罵了一番。這事在圈裡幾乎成了軼事，我當年聽說過，但不太相信，因為她只是個相貌平平的女人。「我知道得很清楚，我不是個漂亮的女人，但我對自己有信心，我總能搞定我要搞定的男人。」她在日記本裡這樣寫道：

塌鼻樑　厚嘴唇　一對小小的黑眼睛／就在這張臉上，那哀傷的女人臉上／她寂然。她不是男人於每一轉角／於擦肩時所尋覓的一張臉，我的臉

因為這幾句詩，我突然萌生出一種好感，一種因為樸實而萌生出的好感。一個到處找人做愛（當然得是那些對她詩歌有幫助的）的人，其實別有一種精神上的活力，而那是非常吸引男人的。但男人不可能只想被利用，所以在很長一段時間裡，男人們只和她上一次床。在那段時間裡，她每天都穿得自以為漂漂亮亮的（這可憐的），希望用黑色睫毛膏或者時髦內衣挽回點男人們的薄情。而且過分看重技巧。有個曾經上過她的詩歌學會會長祕書助理在酒後這樣描述她：「你和她做完就得避著她，我們那一次做的……她那種冷淡的順從，那新長出來不記得剃掉的又短又硬的腋毛，那半閉著的眼睛裡老跟著我轉的眼神，都叫人反感，只能更用力，就想把她幹得哭起來。我還從來沒有遇見過一個女詩人，像她那樣奇怪地擺出一副心甘情願受虐的樣子，她不就是婊子嘛，我很難理解這一點……做完後她一邊幫我擦乾淨一邊急吼吼地問我，什麼時候能發她的東西，幾乎不讓我歇一會兒。我當然只好說再等等……」

我得老實地向讀者們承認：我第一次和她幹上的時候，內心裡對自己都懷有某

種輕蔑，在我射出的那一瞬間，我想到的卻是，我那些朋友，該多震驚啊。因為我在各種場合，都很注意和她保持距離。在八〇年代的上海，就有過這樣一個女詩人，大家都叫她傷筋膏的，意思是說被她貼上，至少要拉下幾根寒毛來。我可不想適應一塊山溝溝裡來的傷筋膏。我以為我找到了一種恰如我身分的中間姿態，對她既不太冷淡，又不太親密。那麼事故是怎麼發生的呢？

在一個下雨的夜晚，我在一個文學沙龍供人免費閱讀的雜誌上隨手翻到了她的一篇隨筆詩，寫的是她的青少年生活，有點過於浪漫色彩了，但其中有一段，大意是說，她不喜歡她在那裡遇到的一切，所以它們也不喜歡它。儘管它們只是大自然，客觀的大自然，看起來應該是真誠的、不帶偏見的，但她卻不能相信，大自然會對她真誠。那一段顯得毫不在乎，我突然想像出她在床上毫不在乎的樣子。那裡面有種東西讓我無法容忍。所以我找到她，向她說出這一點。她突然就發火了，粗暴地盯著我看，但用非常輕的聲音說，「你以為你是誰？你以為你還有感覺？」我從來沒有想像過，她還能有那種審訊似的眼神。這有點令人難堪了。這種眼光，再加上那兩句鄉音未改的普通話，是足以讓人無話可說的。我突然覺得，她就是不值得尊重，這場對話很可笑。

那時候我剛好單身，前一次做愛還在一個月（或者一個半月以前？我沒仔細數過），性的要求算是個不大不小的問題。所以那天早晨她敲響我房門以後，我沒覺得自己有理由正襟危坐。做完以後，她坐起來，向我提出一個建議：要和我長期相處。我拒絕了（我懷疑其中有巨大的動機）。她解釋了一番，意思是我可以不和她做，不只和她做，但只要我不明確表態，她就不再和其他人做。這是個完全不平等條約，不妨接受。但我的評論家天性，會忍不住推薦她書看，慢慢就變成整天和她在一起了，晚上還是在一起，我看書，她寫詩，直到性欲起來。

也就在那個階段，她寫出了一批有點溫度的詩歌。過了這些年再看，我還是覺得，那是她最有意思的一些作品。在我看來，這正標誌著我對她某種道德上的拯救。當然你也可以解釋為，我給了她難得的安全感。我原以為，她既然懷有如此這般出人頭地的詩壇野心，那樣真誠地想用身體幫助靈魂節節攀升，肯定會向我提要求，讓我幫她做點什麼。但她在我面前表現得還挺自尊自重，就像那首名叫〈乾乾淨淨〉的詩一樣……

進入時，他並沒有看向我／我想讓他感覺那裡開始顫抖／想像乾淨而透明的水越過一粒粒突起向他湧去／潮水越過砂石向男孩赤裸的雙腳湧去／但不是這樣的不

是的
即使洗得淨淨，一瞬間，甚至以為初生／他還是知道
他閉著眼／像坐在馬桶上一樣／用力
腳尖繃緊／我從我的身體裡看著他／也許／他還記著那第一個因他流血的小處女
因為過了一會兒，他睜開眼睛看著我
並且／流露歉疚

這麼些年過去，我有點後悔，我至少是應該為她的詩做些什麼的。這麼些年，我難道就沒有一點羞愧嗎？

這裡得說說我的性格，有個最大的特點，我可能對一個新的女人投入一部分熱情（剩下的得留給酒、菸、麻將、稿子、朋友們），但早晚就會不可避免地因為習以為常而感到薩特式的厭惡。正因為擁有才情卻缺乏那種馬拉松式的沉穩耐心，我才選擇了評論家這一行。因此，在我們斷斷續續相處了兩年以後，壹發現她努力的結果令她失望，就離開了我。她在一張病歷卡上草草寫道：「我很疲倦，不滿意我自己，那裡只是變鬆了。」後來她的一個女性朋友告訴我，她居然流露過想和我結婚的野心！「如果生活中有什麼還能和幸福沾點邊的話，那就是結婚了。」（據說是

原話）

她決定試一試這個圈子以外的男人。她那時是三十三歲，亂刀斬完肉沒多久，她就嫁了個超市保安。那人比她小四歲，退伍軍人。在保安圈子裡很受歡迎，但可不是我們這些文化人的老朋友。他們在保安工作的大賣場旁租了個一室戶定居下來。保安喜歡柳丁，只喜歡在她的屁股上搓它們，耽迷於如何把它們搓得酥而不爛。這種按摩改善了她的臀部形狀，變得重新圓翹。到後來她每天得吃下四五只柳丁，陷入了一種對橙汁恐懼的模式。

現在是四月，殘忍的四月／我吃了四十斤柳丁／除了那流血的四天

可壹到底是壹，即使是這樣的橙色生活，她照樣保持著一天十首的速度。她從來都沒有迷人過，所以也談不上婚姻生活的摧殘。在很長一段時間裡她一直記日記，不但記下對我的思念，也記下她所謂的詩之瞬間即逝靈感，甚至還有一些性幻想和其他家用之類枯燥數字。她的朋友有天把那些日記交給我，我忍不住不讀，但也忍不住全讀。我沒覺得自己受到如何深深的震動，但那一夜，我失眠了。我不知道該拿那些日記怎樣。還她？她會要嗎？但我想，她不會忘記。到哪裡都不會忘記的。

根據她的日記所述，我大致勾勒出她丈夫的形象。是個極其容易激動的人（在婚前的她看來，那等於個性）。一般說來，容易激動和怎樣都激動不起來的男人都具有某種危險性（前者往往熱暴力，後者的冷暴力也很令人不快）。處女座男人又是苛求的，佔有欲很強，嫉妒心也不輕。她對他則既嚴厲又軟弱。比如她堅持讓他去讀夜校，否則就對他刻薄地大發脾氣。他們時常吵架，但只要他把她整個頭部壓低，把他那兩爿柳丁軟化處理機攔腰一抬，她就自動和他和解了。

有天我在《綠城文學》上看到她的一首詩，描述了她的一天：

整天收拾房間／使我想起／我曾經做過的一些事。從前我對混亂的感覺——
媽媽，我現在很想你／想叫你替我／過掉所有這些日子／阿姨，我現在這樣叫我自己

我起身去倒了一杯水／在窗邊站了一會兒／這樣，當我回來，重新拿起拖把／就能輕鬆地把水絞乾／繼續乾淨我們的生活。但是／那根手指／像久違的細高跟鞋一樣／深深沒了進來

我沒法對體面的體力勞動做出什麼點評，我覺得那是一種忙碌而有益身心的，容易使人愈過愈沒要求的幸福生活。在接下去的幾年裡，這種狀態似乎一直在繼續

下去。保安已經升任保安主管，不用再「做一休一」，而是上起了常日班。她清理房間、做飯，幫助丈夫碎核桃（對，軟柳丁也鳥槍換炮成了小硬核）。有時間的時候寫她的詩。但是，她正在一天天向她的第三個本命年靠近。

本命年的下一首詩

我寫的下一首詩裡將有愛情
就在這一室的中央，天花板厚厚地
壓著，我的愛情將碎成
他手心裡的核桃，他對我說，一直得咬硬的
那樣牙才會更硬。下一首詩裡
也將有擁抱，和駝背小人
所有的彎成弓一樣的呵護
還有漫長的前戲
在那個未知者上班前的被窩裡

下一首詩都將，都將有
和我自己的性欲，那被封死的天窗
沙發、床和靠門的那堵牆
下雨前快扔掉的一束花
還將有一陣心酸浸透那下一首詩
外加一個微笑，那被久久泡濕的冷木頭
也許會在那兒燃燒，消耗掉一些荷爾蒙
但下一首詩更可能冒出難聞灰煙
不會有任何火花出現在那首詩裡

有段時間，我反覆誦讀起這首詩，試圖尋找出某種近在眼前的凶兆。三十六歲，對一個女人而言意味著什麼呢？青春已經過去，難免回首往事，也許她會忍不住發問，她的生活究竟有些什麼？向前看也好不到哪裡去，老和死就在前面，一動不動看著她自己靠近。前景對任何人而言都是沮喪的。我只是不去想而已。

在她的日記裡，在她生日那一天，她這樣描繪她的心情：「生活可真是野蠻。

它強迫你信任一些人，一些陌生人，失去你獨自一人時習以為常的安逸。你不斷地處於厭惡和恐懼之中，這厭惡比空氣、睡眠都更龐大。我已經很久不做夢了。我想夢見的只是大海，只是你……」後面她提到了一些她認為人生最基本的東西，還頗為憂傷地提到：什麼都不屬於她，想要一個地久天長，只能在自己的想像中云云。顯然，文中第一處「你」是指她自己，那麼，最後一處「你」，指的又是誰呢？

我想起和她最後一次做愛的光景。那仍舊是一個早晨，我的房間裡，窗戶仍然都半開著。窗外有人在敲打某件東西，她開門進來，在床邊坐下，灰色的外套襯得臉色陰沉沉的。我躺在床上沒動彈，出於我自己後來也沒想清楚的原因，我沒和她主動說些什麼。貓從視窗進來，懶洋洋地轉了一圈，走廊上，有隻洗衣機在高速甩水。最後還是她先吻了我，於是我把她拉上了床。做完以後，她一反常態，走去隔壁的浴室沖洗了一番（以往她總是說，想帶著我的精液過完一天）。那一次，我都幹了些什麼？我盯著天花板看了一會兒，然後是窗簾上的光亮，浴室裡的水聲也很正常很正常很正常，因為太平穩太單調，我差點又一次睡了過去。

她穿得整整齊齊的，再次在我床邊坐下，和我講起了她做過的一個夢。那時我很餓，很想吃碗小餛飩，但我還是很耐心地聽了聽。夢裡好像有墜落啊摔碎之類的場景，但我告訴她，我不是精神分析學家。她歎了口氣，說好幾天了，她被那些夢搞得昏昏沉沉的，「這樣下去不行了，」她表情呆板地說道，「我得找個人結婚。」

很快就被她找到了一個。領結婚證那天，她在日記裡寫道：「我才三十三，從今天起，有一個愛我的男人，我想我也愛他。我會有可愛的孩子，有個很大的房間，我的詩會越寫越好，真正出名……」現在看來，這種渴望生命裡出現十全十美的好運氣，簡直有點自欺欺人了……

我把我和她的一些過往向你們，我親愛的讀者，有選擇地顯示出來，可不是為了告訴你們，我會驕傲地自以為，那個她想夢見的人，正是在下本人。因為，恰在她生日之前，她在著名的詩江湖論壇上發表了詩作一首，其中有無數細節，暗暗指向另一個存在——

祕密

在我心裡，我一直有你一張
來自幸與不幸的陰影間的，照片。
我這樣稱呼這張臉龐，雨前天空。美麗的清冷
遍布小塵埃。不過

你從不愛我，你只急需
愛的溫度。

緊挨著我的命運，是你抽痛的
舌根，告訴我可以隨意凌辱你，
那個假身體，正在起伏
拆卸我所有手指。
我們能靠什麼得到高潮，
我和我的緊張、躊躇。看在愛的分上，
我還能怎樣安慰你我。

我有一些來自惡之花的幻想，
可你躺著，失去信心。
你告訴我不願再在這兒
躺下去了。我能不綁起你來

做最後一次試探？能不為你受難

建一個我自己的天堂？

我走到牆角。沉思著走向

牆角，縮起自己。

但是你走來踢我一腳。

鞋跟，尖銳而膨脹，充滿著血腥，

彷彿就要刺破。

就在那時，他的鑰匙捅進了

這為你我共用的走道。他的臉

是發情人的臉，勃起而發亮。

他的手伸向你我，好像要……

在貼出這首詩後，壹很快又跟了自己一個帖子：大意是說，讀阿德里安娜·里奇的詩作有感。她特別摘錄了一節：我們怎能居留在兩個世界／女兒和母親／卻待在兒子的王國。

里奇是美國著名女同性戀詩人，很難想像，像壹那樣一個，不具備什麼想像力和亢奮氣質的女人，居然會受她的詩歌影響。但在閱讀完她電腦上所有的日記、詩歌草稿、郵件、短信記錄之後，我最終確定了自己的疑問。我打算簡明扼要地概括一下：

壹打心眼裡厭煩丈夫那套床上儀式（柳丁、核桃，誰知道還會有什麼?!），但她從不拒絕，她把這看作是奉獻，「愛你所厭的，這謙卑本身就是最大的高潮」，她覺得自己義不容辭應該拋棄膚淺的快樂，而是投身受辱，經受折磨，在任他隨意對待的時候體會到身體因痛楚而到達的想像之境。

她不是一個很有靈性、很有想像力的女人，這我早就說過了，我不止一次想過，她的第一個男人倘若不是一個詩人，而是一個工人、農民企業家，她恐怕早就在家安心生孩子，燒菜做飯了。在她一連發表了十來首詩作之後，她確定自己需要更多時間來發展「天賦」了，於是毫不猶豫地找了一個鐘點工。那女人很年輕，也就三十出頭，江蘇宿遷人，幫她買菜、做飯、打掃房間，料理她那些衣服。壹有時和她一起做家務，去菜場買菜（以前買菜，隨便買點就回了，現在買菜特別認真，想來想去，兩人一起想著，什麼菜更好吃）。在熙熙攘攘、濕乎乎黏答答的菜場，她在一堆剛死了的蔬菜雞鴨之上，體會到生命「別樣的」鮮活。在日記中她寫道：這種剛死而未死透的鮮活，符合我的生活！我只能說，感謝你，我過得快活許多。可我還是時不時生你的氣，因為你的精力就用在洗東西、擦東西、燒東西上了，你的美麗被洗潔精消耗掉！家務，說到底，作為休息或者轉移注意力，是很好的，但它不該是你的職業！

壹的愚蠢在於愛上了一個不比她更聰明多少的女人。（這裡，我假定聰明約等於對詩意的理解。）首先那女人接受了壹的觀點：即腦力勞動要比體力勞動優雅有價值。她問壹借了一堆詩集，最後告訴她，最喜歡汪國真的。（這真是一次明智的教育……不過我真的很難相信，壹居然保存著那些?!）她的家務品質越來越差，紅燒肉根本不能吃。她開始像壹一樣穿著，變得寬袍大袖，據說她因那袖子丟了好幾份活兒。壹的日記裡也提到，有次她用了壹的唯一一瓶香水，身上散發出的芬芳如此濃郁，以至儘管是冬天，也不得不打開窗子。壹把丈夫給的菜錢摳下不少給她，他們的餐桌上有段時間成了素食的天下。壹搖身一變成了動物保護者，這讓那位不可一日無肉的保安主管忍無可忍，「輸掉了一場痛苦的鬥爭」，壹付出的代價是失去了那位可愛的鐘點女工。

但對壹來說，接下來的生活明擺在那裡：她決定擺脫自己所有的現狀，搬去和鐘點工一起租房子。她向丈夫提出，被拒。為此「發生了猛烈的爭吵」，她不止一次離家出走，但是在夜還沒結束之前，一種「難以言表的內疚痛苦」又把她拉了回去。她繼續住在那裡，她不愛他，當然他也不打算原諒她。他們那樣彆彆扭扭，可還是相處了近半年，不過我沒有足夠的資料來詳細講述這段時期裡的三人狀況。總之，得省略一些只對當事人而言不覺乏味的事情。

有一點是我自己也不曾注意到的，就是壹其實具有很強的妒忌心和占有欲，由於她從未在我面前表露出獨占我的意思，我就誤以為她天生博愛寬容，可以允許其他女人侵入她那並無多少可取之處的小家庭了。而那侵入者偏偏不是陌生人。她的忍耐受到了痛苦的折磨：

可能

現在是二月，一個月來

我沒熟睡過一次，
除了那晚在床上發現屬於你的東西，
塵埃落定因此

但是，我很快樂，
和你一起躺的床，
喝了一點黃的白的。
我沒想到你要去的只是這裡，
只是一個男人。

如果我閉上眼睛允許睡著，
我就會做夢，這樣
我就會痛苦地殺掉你，永遠地殺死
這張床。

請你們用手推一推我。

不斷地

推一推我

因為從現在開始，每一分鐘，

都可能有事情發生。

對於那位鐘點工，我只知道，她有一種把自己的意志強加給別人的古怪本領，總之壹不久後接受了這種狀態，但到底那是一種怎樣的感情呢？這種感情何以如射線般迅速發展到死亡？也許是因為，那位鐘點工很快愛上了一個比她年輕許多歲的男孩？一個被簡寫為A的送水工。壹為此感到震驚、憤怒，甚至生出羞愧。下面是她寫給任性女工的一封信：「你和A的這種關係真讓我難堪，我不能再無動於衷地忍受下去了，我已經有很久都過得很不快樂了，詩也越寫越少，這你都知道。為什麼你要告訴我？你告訴我，是為了讓我求你，不要那麼做嗎？我試圖保持平靜，我努力過，但不行，你已經和他睡過了，很好，沒有必要再繼續發展，那只能是重複，而且我能想像，他肯定會馬上甩掉你。你以為他能像我那樣容忍你已經開始鬆弛的屁股？」

如果是正常人，或者說，一個正常點的詩人，女人，都會立刻放棄這種亂七八糟的關係，最簡單，分手，這是最好的辦法，生活會換條道兒繼續走到黑。但壹沒那麼做，她繼續給女工寫信，極盡刻薄：「你這個老女人，你還真以為你墜入情網了？他怎麼還沒厭煩你的狂熱糾纏？當然了，他一開始也許非常高興，你替他省下多少去髮廊的錢！但不久他就會厭倦了，你這種愛情可真讓你自己顯得可笑，他會躲你，哪怕得繞著路踩那黃魚車，他也願意。最後，他還會當眾羞辱你，比如，把你的上衣撕開，哈哈，讓睽睽眾目來傷害你，幹得好！總之，你很快就會認清對方了，他在精神和肉體上都粗俗不堪……」

這種生活使得壹的健康迅速走上了下坡路，她的最後一篇日記這樣寫道：「我全心全意地渴望鳥鳴，那寧靜和一個人的寂寞。雖然我很害怕獨自一人，但總比現在要好。」在那個時期，有一位我們共同的詩人朋友見過她，把她描述成一截秋天的絲瓜筋，「瘦小，頭髮也灰白了不少，臉上很多皺紋，看起來就像是個中年婦女了。」

對壹來說，那個災難性的下午，到底發生過什麼？在後來的口供中，女工解釋：她並不想傷害壹，她只是想離開那扇房門。她只是隨手一推，致人於死地的這一行動的直接原因是偶然的、無辜的。她進門的時候壹在床上躺著，她開始翻找屬於她的東西，她拿了幾本壹送給她的詩集，拿了一些衣服，這時壹起了床，她告訴她她打算離開上海。這時候是下午2:13，她還想著得快點出門，要不然公共汽車就會擁擠不堪。壹阻攔她，說她堅持這麼做，她就會試著自殺。她說壹以前不止一次這麼說過，因此她幾乎沒有當真。她再次強調，她不想造成悲劇，只是離開。

壹拿著一把刀，莫名其妙地摔倒在地，刀莫名其妙地割傷了她，她是在醫院裡去世的。臨死之前，據說她說了這樣一句話：我一直都害怕死，但死就這樣來了。她的丈夫在得知她死亡之後據說歎了一口氣。

為了寫這篇文章，我大量摘引了壹的〈濕生活〉，並且抄錄了她的日記（它們將以文集自費出版形式不日面世）。有趣的是，贊助出版的不是別人，正是那位送水工，他說，沒能認識壹，真是太遺憾了。有記者為此專門採訪過他，他說，詩比大多數人可能想知道的更多。（這句話我一直沒弄明白）我也深深祝福壹，但願她不認為我的回憶不夠充實、詳盡。既然詩人的一生如詩一般，那就不妨出於謹慎而略去或添加。

貳

「小說家的身體不應該與小說同在，雖然他們總是難以割捨。他們使用各種各樣的隱喻，但他們仍然習慣待在他們的身體裡。好像他們因為擁有一個身體，就不得不在小說中向其致敬。疏離或厭惡是另一種自戀。小說描述愛恨情仇各種情感，無情感也是一種強烈的情感，這些完全可以離開身體，離開性。」

「對性的過分關注，阻礙文學精神的圓滿自足。為此需要提倡虔誠的無欲主義者，當然，不是那些禁欲主義者。把性欲放在任何一個極端，都將給它快樂，性欲一旦成為書寫的主體和對象，就會使小說家對小說失去控制。」

「性，終有一死。」

——貳〈小說歷險的無性書寫〉（2007）

每週二，我照例去貳的辦公室。那辦公室安在以建築系聞名中國的大學校園西南角一幢貌似「金茂」的超現實主義大樓裡。我反對過幾次，她堅持。如果我週二下午缺席她的辦公室「例行公事」，接下來一周我都會受到冷遇。雖然我對那裡的辦公桌沙發椅早就沒了興趣，但想想其他姿勢其他地點的可能性，我只能偽裝出滿足在她背後歎一口氣。

在那間唯她獨享的小辦公室，還是很有一些美好的時光：完事後她一邊喝著袋泡茶，一邊指點著文壇江山。身為文藝學專業碩士生導師，當下作家，尤其七〇後的那些，在她看來毫無可能，「更重要的是，他們掌握了打字的技巧卻從不知道羞恥。他們喜歡在床上反覆流連，肆無忌憚。」「現在還有一種寫痛苦童年回憶的模式，中國的那些文學女青年，要長相沒長相，偏偏就會喜歡這種『亂倫結構』，現在這個結構都快趕上經典『笑話結構』了。什麼在自己的身體記憶裡，童年的影像浮泛而上，母親如何戰戰兢兢，父親如何朝三暮四——她們把男人寫得不是矮就是胖——父親讓女孩發誓，永遠不會說出去。然後就是擬人化出場，怪獸強姦場景，女孩忍受了好多年——你不覺得像一齣滑稽戲麼？最後父親的陰影變成現在每晚的夢魘，把她從不同的男人身邊驚醒。據我調查，很多女作家都離過婚，很多成名的女作家背後，基本都有一個不倫的戀人。她們早就和文學分道揚鑣了。她們熱愛的可不是小說，而是小說裡任她們心意年輕漂亮的自我投射。小說給了她們一個展示機會，展示她們所認為的身體的資本。」

每次她滔滔不絕時，我的眼前就會出現紅與黑兩種顏色，它們相間著出現在她蒼白的肉體上。你呢，你怎麼看？每次她都不忘問問我的意見。你想讓我怎麼回答呢？

「我看著那些文本，就為中國的文學前景憂慮。藍天，大海，飛翔的鳥兒，他們為什麼不去寫寫那些？你注意到現在的春天快得如鳥兒的一次展翅嗎？為什麼沒有作家把春天比喻成女孩臉上越拔越細的眉毛？」

「也可以把春天比作一次性交，一次只有射精的性交，就一句，一樣能勾勒出春天的存在如今不得不忽視。」

「沒有想像力的作家，才會總想著自己的身體。他們的大腦是他們身體的燒錄機。物質就是物質，無法承擔意指功能。」

對話到這般地步，惟有將視線落駐她的身體，比如那裡的一小塊黑色。這就像天使也需吃喝拉撒一樣。也只有讓那裡微微顫動起來，貳的身體才和她的性別身分相映成趣。

讓我想想，我們是怎麼睡在了一起。

大概是一次關於小說中的身分製造的研討會。研討會上的語言，真是世界上最醜陋最沒有人性的公交語言。抽象名詞在一個封閉空間裡可以飛上幾個小時不落地。比如文本性可論性、指涉性互文性、跨語性線性後現代性……「性器官就是小說文本裡那粒看不見的堅果的核，現在的作家習慣把所有人物身分建立在性關係的基礎上。身分就是性關係。要麼是個人自我的內部性關係，要麼是這個主人公與他人的性關係。要分析不同文本的不同人物身分，只需指明這一個和那一個性方面的差異，完全不需要考察人物的內心世界。作家除了自己的身體，沒有其他身分。」

這番話我記得很清楚，因為說出這番話的女人就坐在我的旁邊。掌聲的純屬禮節早就不是什麼祕密，我們目光大概撞到了一起，就此波紋不再平靜，一直蔓延到會場指定的小賓館，一直蔓延開去，整整用掉一盒餐巾紙。

在評論圈裡，貳是公認的無法接受情色描寫的評論家，對年輕的女作家們尤為苛刻。

「A的小說最大缺陷在於，她總是把女主人公塑造成白衣白裙白襪白鞋。人物的經歷固然還算體面，但白色是一種等待淫威加害的顏色，是甘於父權制度犧牲獻祭的誘惑色，邀寵色。一個總是等待默默受害的人物，儘管還算可愛。」

「B的小說喜歡圍繞二三〇年代，大戶人家的少爺或者男主人，小戶人家出身的年輕女傭人，姑娘樣貌雖然很美，卻有著堅如磐石的貞操觀，特別自重自愛，對男人們展示的小恩小惠金銀玉器臉不變色，這些非常好，是其文學性強大有力的一面。但為什麼結局總是一個在城裡讀書的文弱公子，往往是三少爺，最終成功激發性欲，攻城掠地？B也許從未思考過，風月老手還是知識青年，男人的本質仍是男人。B的書寫證明：男人對付女人，要麼用肉體，要麼用靈魂＋肉體。女人沒有能力抵禦，因為女人的靈魂或精神沒有發達到勃起對抗程度。」

……

我著手寫貳，不是為了回味和她一段隱祕的情史。我只是想弄清楚，為什麼她無法接受文本中的性欲？為什麼她排斥那些動機，又會幾乎天天想著做愛，情人一個接著一個？我寫她，也許是為了在精神上理解她「小說無性化」那一套理論，我從她在我身邊的一舉一動、點點滴滴中觀察她潛藏的祕密。奇怪的是，越是到後來，身體的遠近其實已經不再重要。性逃脫了追問。我記得有一次她對我說，情人的數字就和一次性交的時間長短一樣，並不能說明什麼。「性不是痛苦，也不是歡樂，它沒有輕重，不能用文字來衡量。每個作家都做愛，但不能因此承認性的嚴重性。」

一九九〇年，要不是那個來自上海的男生追求她，她還一直待在外地呢，那麼今天，她就會有完全不同的想法。「我母親是上海人，我不是鄉下人，也不是外地人，你們自以為自己是城裡人，讓我覺得討厭。」她剛嫁到上海那會兒，經常用普通話對那些在弄堂裡瞟她一眼兩眼的女人們這麼說。在家從事筆譯工作的丈夫被她形容成躲在屋子裡的膽小鬼。她很快有了情人，一個長相一般，愛開玩笑的同事。她解釋那一次只是出於孤獨。「我覺得我身處陌生人當中。」她那時的研究方向是小說中的空白。「真正的文學作品，每一個地點、每一個時間點和所有人物都該擔負起無需明言的意猶未盡的裂痕之間的空白。」（《湖北函授大學學報》，一九九一年）

一九九二年，上海的大學裡，經商的氣氛已經開始濃郁了一些，不過在學術方面，她倒是有一些操守，照樣心醉神迷、兩眼放光地聽著她崇拜的那些名牌高校學科帶頭人們說話，雖然她不一定都聽得懂。那些男人在眾人面前神情嚴肅，到了她的床上卻又乖順得讓她想到憐憫一詞。也許就是在那個時候，她有了想挑戰男人的念頭？「失貞、隱瞞的失貞、潛在的失貞可能，是中國文學的一個重要母題。在女孩的丹田或手臂脈穴上點上朱砂，是一個使辨認成為可能的標記。為什麼每個作家都會特定形容自己筆下的人物？這顯然就是一個語言學上的能指。自己形容過的身體，這一身體成為自己的身體，進入指意過程。」（《當代小說》，一九九四年）

那時她才二十八歲，在一所三類大學裡做講師。羞澀靦腆，或者說裝得羞澀靦腆。對她來說，高校研討會是邂逅的好地方，是她收集能量的私人開光小宇宙。她適度調節鞋跟高低，或是在襯衫領口上用點小心思，再不就是在中場休息時，在公共洗水池前用冰涼的水弄濕臉蛋。在思想火花自由亂放的小舞臺，她操著普通話用自己的方式朗誦論文，不知她芳名的中年男人忍不住拍拍她，主動和她打招呼。

不過，家裡還有另一個她。二十八歲的貳，雪白皮膚，黑色長髮，走路簡直可以說是大搖大擺，也可以說是旁若無人。她進門時說話的聲音往往是高的，響亮的，不過再聲勢浩大的長篇大論，碰到沉默不語的寂靜，除了洩氣，自己在一邊待著，還能怎樣呢。

一九九五年初夏，貳開始經常不回家過夜。把她留在自己床上的，是個年輕的哲學博士。沒有人知道貳的丈夫為什麼保持沉默。那博士獨自住在學校附近的一套一室戶裡。說到他，貳就開始含糊其辭，讓人不免懷疑那個男人在她生命裡的分量。據說那男人非常善於傾聽，而以前從未有人如此傾聽貳說話。唉，我們生命中的一些異性，或直接或間接地介入進來，改變著某些可能，可在我們彌留之際，又能懷念起幾個呢？那年夏天十分炎熱，博士租的屋子裡只有一台電風扇，貳決定要寫一本書獻給那男人。博士替她打著扇子，看著自己的存在與虛無昏昏欲睡。貳會奮筆疾書到晚上十一點，然後一起去附近的路邊攤吃夜宵。常去的那個攤位既賣炒河粉也賣炒螺螄，在那裡，博士不用花太多錢，就可以請自己的女人飽餐一頓，順便聽她侃侃而談一天的成果。那時的貳開始關注鄉土文學。他們一起坐在高低不平兩頭翹的條凳上，綿綿討論黃泥的牆，烏黑的瓦，老人、女孩和黃狗。有那麼一兩次，下起了雨，打在攤主撐出的塑膠棚上，和著那些機械的嗒嗒聲，兩人歷數著彭家煌、魯彥、許欽文、王任叔、臺靜農。那時的貳一定為彼此的相遇心花怒放，她說，真是少見，一個搞哲學的，竟然喜歡文學，而且喜歡鄉土文學。

有天夜晚，他們散步回到博士家門口，發現門被打開了，窗戶碎了一大塊。貳的丈夫抱著要送她的玫瑰端坐在屋裡。

跟我回去吧，他對她說，你看，這扇門壞了。

我不回去。她回答。

博士這時把屋子裡所有的燈都打開了，燈光照亮了三張臉。看看我給你買的玫瑰，它們看起來那麼美。他輕聲說著，轉身凝視起那張床來，因為只有一張席子，看起來完全不淩亂。他開始撕扯手裡的玫瑰花瓣，然後是葉子，直到整張床被撒得滿滿的。也許是他手上那些孤獨的沒有其他任何的玫瑰梗子觸動了貳，她起身跟他回了家。那天晚上他們沿著路燈一起走了好幾個小時。偶爾丈夫會停下腳步等等身後那個美麗的影子。發現這一點後貳開始細細觀察起夜色下的櫥窗，那些幽靜的模特們。那晚她和丈夫上了床，但從未回答過他的問題。她任由他想像她和別的男人做過的事情，既不承認也不否認。

如果我們忽視那位丈夫的感受，故事可能就截然不同了。有的夫妻，沒有可能觸及出軌，除非為了離婚。在這類婚姻裡的人，不得不格外謹慎，祕密行事，只要時間上出了什麼差錯，或者和「神祕來電」沾上邊，馬上就會引起另一半注意。在這個問題上，貳的丈夫顯然更具有藝術家氣質。他在貳的備課筆記裡夾進一封信，信的大意是：即使綠色之光照得他頭昏眼花，他也願意放下所有的驕傲。他只要求她一件事情，不同他離婚。

但是嫉妒正在織成一張網。

貳並不知道她將會面臨什麼。她看書，寫評論，寫作速度極快，她享受生活，享受自己的聰明為她帶來的男人。一九九六年，她開始探討小說人物與作者自畫像之間的聯繫。她給十位當代著名作家作了警局針對嫌犯式的肖像描述，並就性格製作出形容詞分類表，比如心不在焉、生活混亂、需要疼愛、被奉承的、無拘無束、小心謹慎……再與他們小說中出現的所有人物肖像、性格進行比對。「作家和其筆下的人物，到底是誰影響了誰？作者是否知道自己的描述是一種自我繁殖？作家是一種奇怪的複印體系，由於自戀、害怕等動機，暗中破壞人物內在系統。對作家來說，要徹底破壞、遺忘自己的外在才有可能再次依靠經驗，創造出全新的人物。」（《當代小說評議》一九九七年）這篇文章和她其他一些評論被結集出版，書名為《對一切作品都不滿》。扉頁上有她一幅黑白小照，她眯著桃花眼，看著鏡中的自己。那個表情很奇怪，似乎她正在聽鏡子裡的那個女人說話，你可以解釋她的眼神是全神貫注，也可以解釋成是一種消極，一種不顯形的憂傷……這本書出版於一九九八年一月初，醜聞全面爆發開來是在六個月後。

隨著時間的推移，醜聞之後的貳開始像往常一樣教書，一樣寫文章批評別人的作品。唯一可以確定的一個事實是，她的復出之作選擇了攻擊一個著名的美女作家。「身為女性，Y從未把她筆下的女人當做女人來看，她只把她們看做具有性工具特徵的肉體。我不想徵引任何小說原文，因為她的小說讓我憤怒，而這憤怒皆因作者看不到女性境界而起。女性角色，唯有具備男性無法看透、穿入的神祕，才可能做到自我封閉，達到文學審美。閱讀本身，除了從外部對作品加以打量，還能有什麼作為呢？審視打量文本提供的肉體，並不能像撫摸真正的肉體一樣，熄滅或者熾燃欲望之火，作品如果建立在這個那個個別的肉體之上，永遠無法觸摸到穿透兩具交合肉體的、性靈的光輝。而恰是那光輝，那虛象的美，才使讀者心中充滿欲念，充滿好奇。拚命寫性的作者，正如這位，完全不知道她需要的究竟為何物。不是陽物那麼簡單。」

至少在和我做愛時，貳很喜歡睜著眼睛，她會仔細觀察我的臉。她說她看的並不是真正意義上的臉，而是內心態度的折射。「性器官的無意識顫動會在臉上表現出來，一個頻繁出入、被出入的人，能夠一眼捕捉到人群中自己想接近、可以上床的物件。一些難以察覺的表情，一種簡練、直接。作家要麼把這種藝術氾濫處理，搞得一文不值，要麼就是個人性經驗徹底空白，身體裡充滿內火，結果在小說裡孤注一擲。」

在貳看來，身體內部哪怕還不為自己知道的一絲小悸動，都會在臉部引起一次不規則的變化。變化的累積導致臉部線條的徹底改變，比如「媚眼」的形成。「讓評論家吃驚的是，作家從來沒想過發明一些新詞彙。愛斯基摩人發明出五十多種有關雪的形容詞，我們的作家何不專注描述頸部以上部位？模擬出各種欲望的線條，為它們命名。」（《純文學期刊》，一九九九年）

有一天，還是在她的辦公室，我和她一邊喝著茶，一邊閒聊。我說，想看看她臉上的線條變化。於是她把自己脫光了，直接躺在那張黑色的辦公桌上，幸好有這麼大的桌子，我一邊觀察化著淡妝的臉，一邊用指頭一點點地走進她。怎麼從那裡走進眼神裡？怎麼在她臉上觸摸出淡淡的小突起？怎麼把隱藏的G點挖出來？觀察到一半我就放棄了。勃起得太充分了。

為什麼貳不肯遵從自己的身體呼喚？我認為她的內心裡有另一種聲音在發號施令……第一次互相打量，我們就在　那間的眼神裡彼此會意。性欲是唯一能一下子就被心領神會的。

「為什麼你認為文本裡應該禁忌性？你又不是不喜歡。」

「文本裡的性描寫會使讀者對真實的性麻木。」

「恰恰相反，文本裡的性會讓人對真實的性敏感。在脫去衣服，觀察對方表情的時候；一起聆聽摩擦在潮濕裡的聲音，就像海浪拍打在岩石上的時候；休憩時某個人肚子裡傳來的咕嚕一聲；開始時的試探，隨後的洶湧澎湃……」

「這些都會使人麻木。靈魂確實能被文本打開，也會因此變得麻木。剛開始，人們只在一整個長篇裡滴上兩滴，慢慢濃密一些，然後突然，幾乎所有文本裡都出現了上床，無盡的抽插空間。性交和寫作超過一定臨界點後都一樣，使人麻木。文本裡的性改變了我們看世界的眼光，連亂交的混亂波動都被淹沒在抽插的規律裡，一二三四二二三四，換個位置再來一次。三二三四四二三四，兩腿叉開再來一次。」

「那你現在，在辦公室，午後四點和我做愛，憋著聲不敢大喊，你要這種快感幹什麼呢？」

「這是面對文本性的最佳反擊方式。你以為我感興趣的真的只是不同的陰莖麼？不是。我根本不在乎前衛或是後衛。我只是想打破形而下和形而上。現在，還是來探索我吧……你看，紅暈從乳頭一直延伸了下去……讓我的臀部著火吧……」

關於臀部著火，據說古希臘神話裡有一個類似的典故。有一對神夫妻，一次丈夫發現妻子和別的男神睡覺了，那天晚上，他趁她趴在那裡熟睡後，把一捆荊棘條抽了下去，那只漂亮的翹屁股立刻就變得全是血漬。丈夫扔下荊棘條，跪在那上面幹起了美事。白天他對她溫柔備至，親她，撫摸她的背，就像哄一個不小心摔了個屁股墩結果摔爛了屁股的小女孩，到了晚上他就抽她一捆子，然後一邊抓著她肩膀一邊幹她一邊喊：不是我的錯！不是我的錯！

有次貳喝多了，告訴了我這個我從未在任何版本的古希臘神話裡找到的典故。於是我大膽地推測：也許她丈夫就曾這樣對待過她？畢竟做大學老師的，每年有至少三個月的假期，他完全可以用這個方式抓住她的屁股，把它變成真正紅彤彤的漂亮禁果。而她怕他，至少她裝得很怕他……其實貳從來沒有真正離開過她丈夫。她出走，他總有辦法把她找回來。關於這位丈夫，很有必要隱姓埋名地說上一二。他是翻譯圈中赫赫有名的人物，以速度飛快著稱，舉個例子，九五年夏天到九八年夏天，三年時間，你猜猜他共翻譯多少本小說？三十本！那可是寫在稿紙上的年代！在一次接受採訪的時候，他還謙虛地表態：自己用來喝咖啡、睡午覺的時間，實在是太多了。（這種枯坐家中的快速讓人吃驚，似乎借助這樣的速度，他就能追上貳出軌的腳步？）

（看到這裡，您會不會問自己，是不是已經發現了某個「達文西密碼」？有一道兀然閃過的靈感之光剛剛掃向您，就像十幾年前那個夏日的夜晚，這道靈感之光也曾經在那丈夫的腦海裡一晃而過……）

鑒於我的領域隸屬於佛洛依德派文學批評，我得和你們說說貳的童年。（只是例行公事）貳是在七歲的時候接觸到文學的，當時她剛剛背完一本《少年兒童字典》，開始自己看《哈哈鏡王國歷險記》和《傻子伊凡》。當時，每個星期天，父母都帶著她走去一站路外的新華書店，她會一手拉著一位，一直到走進店裡才鬆開手。他們允許她翻上一個小時的連環畫，劉文學金訓華邱少雲，但幾乎不為那些革命英雄人物掏錢。父母的花錢意願有時會幫助聰明的小孩更敏銳地領會到，什麼才是正確選擇。貳的父親是個無線電修理工，但他笨手笨腳，連只電筒也對付不了，因此性格不得不變得溫和怯懦。他喜歡看人打牌，然後在家一一展示。但貳隻喜歡玩「24點」。貳很怕嚴厲的母親，在母親面前，她得假裝自己喜歡看少年兒童版的《水滸》，母親掌握所有零用錢，沒有每天的三分錢，她無法像其他小朋友那樣買爆米花山藥豆酸梅粉。在他們那個街區，不能隨身掏出零食比家庭出身更遭人鄙視。

貳從小就很瞭解籠罩在男人女人之間的壓抑氣氛，可以把一大間朝南的屋子瀰漫得陰森森的。母親總是說自己接受過「上海教會學校」的教育，其實那只是一所普通的女子中學，不可與宋氏三姐妹都曾就讀過的後來的市三女中同日而語。但母親自認是上等人。上等人才可以經常不由自主地煩躁不安，還有權像潑婦一樣把父親的臉抓花。貳對不懂得適應上等人的父親表現出天然的友善。到了十九歲，在大學校園裡，她遇到了自己後來的丈夫，「他確實像我爸……」她只說了這麼一句，不再提起那次相遇。但她畢竟拖著一個箱子裝了一些衣服和書跟他來到了他家。在他二十歲時，他成了父母雙亡的大孤兒，由此繼承了一整間石庫門二樓的房子。這可是貳的好運。但對於這少有的好運，貳並沒有太在意。她後來形容那房子簡陋之極，抱怨自己不僅帶去了一個處女的身體，還花工夫把那屋子變成了「只適合他的翻譯間」。書架上堆滿工具書，得見縫插針地在牆上用小圓圖釘釘點小資產階級風格的掛曆畫。

「他癡迷於翻譯，每天都在書桌前坐上十幾個小時。生活如此枯燥他還心安理得，毫無負罪感。不過說到底，他拿那些文本幹什麼了呢？那些都是他用來消遣的玩物！」

貳的初婚期，經歷過大致幾個階段的反覆：第一階段，把自己扔在床上。第二階段，手足無措。第三階段，強烈沮喪和憂鬱。第四階段，忽然復甦，開始「追求生命中的驚奇」。而我真正感興趣的是貳的醜聞，那一事件使她的評論風格驟變……

冬天的一個晚上，晚飯之後，貳邀請我去她自己獨居的家裡「暖床」。直到一年後的二〇一〇年一月，英國連鎖酒店才開始提供這項服務。看來貳在某些方面，確實具有先見之明。區別只是，她拿給我穿的可不是什麼羊毛睡衣，只是普通的棉毛衫褲。當然也不用隨身攜帶溫度計。「就好比給你的被窩中塞進一個大熱水瓶」（酒店發言人艾維斯語），貳的讚美則是，「謝謝你給了我一根電熱大黃瓜。」當被窩裡的溫度達到攝氏二十度時，「暖床員」將離榻而去，但我不需要這麼做，我需要的恰恰是進入，更深更向裡用力地。

在讓她兩次哭叫出來以後，我談起了那樁醜聞。「我是受了當頭一棒，但現在已經不放在心上。」

「你不覺得那是一次難得的文本狂歡，行為盛宴？」

「是啊，他也覺得，『這有什麼大不了呢？把你從文本裡凸顯出來，正說明我是你的崇拜者啊。我在所有女性人物身上看到我喜歡你的，我厭惡你的一切。』」

鑒於那男人的嫉妒心（也可以解釋為某種野心）有著匪夷所思的表現手法，大量大師之作、暢銷之作被無辜捲入，在那幾年的英美文學領域造成了堪稱混亂的程度，我打算如實引用一番：

「喬里生活的那些腥氣碎片只有在翻譯家的腦袋裡才可能串得起來。這個人翻著黑乎乎的字體，觸動黑白長方體詞典，握著那支灌滿墨水筆桿出油的鋼筆。他得靠這個玩意兒說話，聲音震響沒有裝飾的圖書館。只有這男人才能給喬里的生活帶來點像樣的攪動。打開的小洞黝黑深邃，裝滿避孕套的口袋，口香糖，背後射進去的熱液體，大把大把的廢話，玻璃杯裡的隔夜茶，一個叫做布魯的男人。但只有翻譯家才知道這女人和那些男人之間到底是怎麼回事兒；只有他才能聞到與家裡不同的香皂氣味到底意味著什麼，也只有他才能道出這最終瀰漫四周，令人勃起又頹軟的自由。只有翻譯家才會不明不白地感覺和知道自己老婆的那份性自由。」

「她似乎是溫暖的。他再次親吻她的屁股，用手摸進那個小洞——他的手一插入那裡，心就不再堅硬，並且越來越軟：他的手指在柔軟的腔體留下指紋，就像海默突斯（Hymettus）出產的蠟在太陽下融化，在翻譯家的手指加工之下，陰道凹凸成各種不同的形狀，它在蓋章之後更便於其他男人使用。那裡動了起來，他迷惑不解，又生怕自己判斷錯了，然而，他的憤怒沖消了疑惑，他一遍又一遍按壓他曾一次次進入的對象。這真的是一個人行道！他的拇指按住突起，陰道正在跳動。」

「『一對中的一方必須為另一個付出代價。』我說，『結果就發生了一個醜聞，而醜聞的代價是非常高昂的……翻譯家夫人一定得從某根陰莖獲取她的新鮮靈感，她額外的性交和荷爾蒙；那麼她從誰那兒可以像從翻譯家那兒一樣方便地榨取它們呢？她已經用一種非同尋常的採陽手段榨取到了；而他從他那一方面來說，為了使她得到滿足，只好任她開發神聖源泉。但是神聖源泉就像這個討好的男人對老虎陽物的形容，是一道棘手的正餐大菜。有時候，女人要是單獨享用就太多了，可是又不願意與一屋子的男人分享。」

……

您看明白了嗎？沒錯，那丈夫，那個一段時間以來一直被我奉上綠帽但從未見過的人，在那三年翻譯的三十本小說裡，在每一本書的相當一部分情節裡，通過戲仿嵌入了他對貳的複雜情感。他小心地選擇和他正在翻譯的那些現代小說家的作品相吻合的語氣和敘事技法，使這種替換顯得自然連貫。我曾經考慮過，將他所有的戲仿一一陳列，但貳提醒我，過分強調反而會分散讀者的注意。我接受了這一同行的意見。畢竟，辨認出哪些段落被篡改並非理解貳的評論風格轉向的關鍵所在，它只是另添一些閱讀、搜索的小樂趣而已。不過，一直讀到這裡的我的忠誠的讀者們有權得到一點提示：上述段落，有的來自《最藍的眼睛》（童妮．摩里森），有的出於《變形記》（奧維德），還有的顯然脫胎《神聖源泉》（亨利．詹姆斯）……

我得告訴你們，雖然我已經做足心理準備，但我還是在對照不同翻譯版本時大大震驚了，簡直是目瞪口呆！這位翻譯家丈夫顯然頗費心思（網上有一些他接受採訪時順帶而過的小照，是個身材矮小，戴眼鏡的傢伙，有明顯的駝背，鼻子扁平），他精心選擇詞語，切入，梳理那些突兀的倒刺，煞有其事地、慢慢地將它們嵌入一個個迴異的文本裡。鑒於三年來沒有任何一位編輯、書評人、學者注意到這些雀占鳩巢的性挑釁，可憐的丈夫只能用化名揭露了這一「純屬故意的巧合」，在那篇文章中，他一一列舉出原文和譯文的差異，分析所有差異的共同暗指：翻譯家（顯然只有譯者本人有作案可能），以及那位被直接點題的出軌的妻子。

再沒有編輯找這位翻譯家合作了。但那些譯本在各高校大紅大紫，並被各大圖書館收藏，英語學習風靡一時。貳的做法是馬上自殺，但她的女友聰明地聽懂了她在公用電話亭打出的電話中的蹊蹺之處，顯然她沒打算真的去死，但這即使是事實，也肯定不是什麼壞事。這讓整件風波被突然強制平息了下來。校方不想變成軟刀子的幫兇。校方出面安撫她，勸她在家休養，工資照發，還給她火速分了間小房，鼓勵她在自己的房間裡活下去。

「一間自己的房間」把貳拋到了性的另一面，很快重新爆發的性欲只是分裂了這一點。有太多充滿性陷阱的文本等著她去批判了，當然，首先得讓她興奮地倒在床上看完，再憑著尖刻的怒意去捕殺它們。

我打算一筆帶過那些年。貳沒離婚，在和別人做完愛後，有時她會回家，回到不再是翻譯家的商務翻譯那裡，她爬上床，把沾滿別人精液的內褲脫下來，放在他的枕頭邊。那些大同小異的氣味近在咫尺，透過棉布的紋理還能一目了然一塊塊板結發硬的東西。生命本原一旦死去，那不過是淫靡。但丈夫對那些內褲的態度堪稱尊敬，他看著它們，欣賞它們，任它們慢慢風乾成一件件體液雕塑。

貳有沒有隱隱約約覺得她自己變成兩個人呢？她有沒有感覺到自己的身體和頭腦越來越分道揚鑣？不過，做一個口是心非的評論家，也不是很難的事情……唯讓她不舒服的是，經常有作家被她攻擊後奮起反攻，不過，這種尷尬不會持續太久，「只要不在作家面前寬衣解帶，就不會被他們抓到確實的弱點。」既然她覺得自己不僅掌握了話語權，還可以為純淨文學事業做點貢獻（倘若所有作家都乖乖聽取她那套教誨，就不會發生「『做愛』已被 Google 篩選掉，因為啟用了 Google 的安全搜索功能」這種事啦）……

那麼何不，一以貫之？

參

「為什麼要引進、翻譯那麼多外國文學作品？顯然不是為了金錢，也不是為了榮譽或紀念一段愛情，更不是因為確信這樣能夠獲得更多的讀者。把生活從另一種語言翻譯過來，是令人振奮的挑戰，是自由的一種藝術形式，是遊戲。……一個翻譯文本，我們應如何閱讀？」

——參

時間：一年零六個月前，星期四，下午三點左右。

地點：復旦大學，江灣五角場——一間確實沒有很多特徵的大教室，與所有大學上大課的教室都有些相似。「當作家打出第一行字時」，我說，「那行字成了真正的指揮，整個作品的起點和中心，所有潛意識的所在地。作家只是在那行字裡暫時寄宿。」

人物：我，接近中年的文學評論家。我曾在這大學待了四年。現在我在這裡教書。很快就要出現的另一個角色是金牛女，（「金牛座女生的優缺點——仙算網缺點：固執、死心眼；遲鈍，動作慢；貌似好脾氣，實則很小氣；好色，貪財，結婚狂，自卑狂，暗戀狂。」）大學生，為了讓自己的靈魂受折磨而來聽課，嚴肅地收集嚴肅的男教授。有著驚人的語言能力。在這節課下課的時候，她出現在我面前。

「您還記得您第一次為我們講課的情形嗎？」

我馬上皺起眉頭說，「什麼？這兒？我說了什麼嗎？我可什麼都不記得了。我只記觀念和表達。怎麼了？」

「您喝了整整一瓶水，」她說，「中間休息時我發現，您又去小賣部買了一瓶水。兩個小時，您居然沒有上過一次廁所。」

「是嗎？」我說，「現在我打算上廁所了，你要和我一起去嗎？」

她的臉頰居然漲得通紅了，這使她顯出了她這個年齡應該有的年輕、可愛。

「去廁所？」她自言自語，「嗯，好像沒有什麼不對……然後呢？」

「去我家吧？」

她非常冷靜地回答，「我想的不是上床。」

文體：堪稱正常。所謂正常的敘述文體，就是清晰、富有邏輯性、流暢。（不可思議地干擾了故事情節和文體的那位參還沒有出現。）那段時間，每天我都會冒出一些清新、富有生機、妙不可言的警句，深深地迷住了金牛女。比如，指著她那個小圓化妝鏡，「這就是中國文學的象徵。中國作家們只想看到，自己最美的那個部分。」她立即說，她要把這句話發到微博上去。我表示贊許地捏了捏她肉嘟嘟的乳房。（下面該不該來點意識流呢？）

順便提一下，注意「貓」這個細節。在整個交往過程中，貓的象徵始終和她聯繫在一起：形體輕盈的，默默放輕腳步跟在我後面上樓的，和我接吻時伸出小舌頭的，夜裡摸黑去廁所時那個又黑又模糊的小影子。我開始做關於貓的夢，有天晚上我做了一個最讓我不安的夢，看到她送了我一隻豹貓，那豹貓穿著她的衣服，在我面前咬死了一隻鹿。

情節：和這位金牛女的情節以廁所為始——我還真去了，洗了很久的手，擦乾淨——以廁所為終——她在門背後說吃得下一斤牛排。之前在床上，她提到過海，不是愛爾蘭的那位班維爾寫的，而是形容一種極為酣暢的體驗。晚餐消化之後，我又迅速下了一次水，但是，這次只是蜻蜓點水。沒人游泳。不久她就離開了我，回到距離我家不遠的我教書的那所學校去了。

吱嘎作響的床。後來，在女生宿舍關門前叫醒她也沒用了。她只是翻個身，隨手還將她那邊床頭櫃上的檯燈關掉。好在她睡得近似無聲無息，呼吸慢慢地和她身下的床墊合到一塊，一團柔軟，看上去像床高起了一塊似的。（參這朵烏雲正開始移來，不久的將來，會把她全部遮住。變灰，一大片，她的小世界。當時她是否有過輕輕的疑慮不安？）

「現在幾點鐘了？」隔夜的女孩，一樣散發一股不新鮮的氣味。

「我想十點了，」我回答，「我沒看手機。我能把窗戶打開嗎？」

她點點頭，手指開始在床上這裡摸摸那裡摸摸，一條內褲一副胸罩，「什麼時候你推薦點書給我看吧。」

「上課不能在床上。」

於是她滑下地，拿起我反扣在桌上的一本，這一本，書脊是黃色的，即使在書店裡，也是格外突出的。她從我的杯子裡喝了一口水，手指尖輕快地翻著，我不知道她拿著我的書在尋找什麼，直到停下來，順著左、右的順序讀起來。

「我們的受害者，手腳都被縛住，就像在一個祭臺上。……我們其餘的人拿到什麼就插什麼——主要是棍子，雖然麗茲比起其他人總是更優雅些，她找到了一朵野玫瑰的莖梗——插進費雅瑪的屁股。我們一個接一個將又硬又尖的東西捅進孩子緊緊的陰道……

「那些東西，她甚至都沒有試圖躲開。她唯一的動作是咧了咧屁股，好像要把自己藏到那裡面。我抓起一塊石頭，那石頭不大，就和一隻剛生下來不久的小貓咪一樣，貓咪會要東西吃，會自己找奶吃，它鑽了進去。其實那地方對我來說毫無意義，無害的，無用的，無關緊要的。現在那只小貓眯在她體內摸索著，那裡太緊了，我感到自己的手都被扭曲了，貓開始絕望地上躥下跳，亂拱一氣，狂躁地伸出尖利的指甲，在那些沒有亮光的腸道壁上刺啦刺啦直抓。

「我突然想看看費雅瑪的臉。

「那張臉，因為驚懼折出了很多褶子，彷彿一下子，十七、八歲的女孩輪廓癱軟下來，變得年老色衰，時間的古舊氣息帶來不可言喻的順從的迷茫的謙遜。

「一具乞求的肉體。我感覺到貓咪又一次進入了她，不過這一次，那張謙遜的臉讓貓咪融解在她的肛門裡，變得放鬆又平靜。它緩緩地，東看看西看看，不帶任何佔有欲，彷彿那個孔道早已經熟門熟路，已經不用開燈，就能從這一頭走到那一頭。我又一次找到了頭疼終於結束之後才有的那種滿足和安寧。在一種半睡半醒的狀態下，我體驗到了回歸我自己身體的完整的極樂。我只想一直這樣，走下去。那另一個身體，因為不潔淨而溫暖，就連那隱隱的糞便臭氣，也因為熟悉，變得淒涼而甜蜜，揪心而傷感。

「天哪，你把整條手臂都塞了進去！」女孩們尖叫起來。

「而我只想微笑。一個女孩，把自己僅有的一點東西當禮物送給了另一個女孩。你能想像得到的，那真讓人感動。」

她沒有再讀下去，而是翻看著那本書的封面，「CRACKS，《裂縫》，〔南非〕謝拉．科勒著，黃五星文庫叢書，夢工廠文化藝術公司。」她又翻回先前她讀到的地方，「第一八六頁，這書居然能這樣寫？」

「什麼意思？」

「赤裸裸，殘忍的暴力，黃色的性，讓我看得目瞪口呆，中國現在這麼開放！」

「這書根本不黃色，它是關於暴烈的嫉妒，屈服。溫柔與甜蜜，不是寬恕的結果，而是野蠻的結果。」

「可怕的描寫……不想讀這書了。」

「你想看別的書嗎？」

她走到我的書架前，「這本，也是黃五星文庫叢書，《復仇女神》，名字不錯，為什麼我會想到靈魂的再生？復仇，其實是一種死，新的靈魂在一個老的軀體裡繼續活下去。你相信轉世這種說法嗎？」

我把杯子拿去飲水機前續水，「這小說可是挑釁性的，侵略性的，一樣講述惡，你未必喜歡。」

她翻動著書頁。「『抹上冷霜的烏木陽具一直留在了我的屁眼裡。烏娜說，要等它變成棕黃色，完全是棕黃色，棕黃棕黃的，很濃的棕黃色才把它拔出來。完完全全棕黃色？完完全全。『健康的大便呈棕黃色，這是因為正常人的大便中夾雜著一種膽紅素的關係。如果只喂你喝奶，那麼你的糞便就會呈黃色或金黃色。』烏木陽具不知進出過多少次了，光滑得像東方絲綢一樣。我姐姐不經意地抖動它，而且好像沒有節奏。棕黃色正往那濃重的褐黑上塗。我感到自己的屁眼被整個鼓了起來，它越來越薄，變成了一頂拱形的小帳篷，陽具發出窸窸窣窣的摩擦聲，碾過那懶洋洋的、肥沃的腸壁四周……』第七〇六頁，描寫得真髒，你為什麼要看它們？它們是不是你的馬桶讀物？」

「你不覺得那些場面，描寫得很人性嗎？色情、暴力，那也得有點兒藝術家的氣質，那才是真正的文學，是富有詩意的黃色的念頭，對於生活來說，它們是真實的。髒，然後才是洗乾淨。」

金牛女用力地合上了那本厚達七八八頁的長篇巨著，她去了浴室，把自己洗乾淨，然後穿上衣服。在打開我那扇厚厚的木門時，她看了看天，說了一句一語雙關的話：從陰暗處，我走到了藍天下。

陽光是很明亮，現在幾時了？最好看看手機，下午我還要去普陀區圖書館，參加一個「書評人為誰說話」的文學圓桌沙龍會議呢。

出席那沙龍的嘉賓包括知名出版社、主流媒體和著名書評人的代表。在簽到處我被一個熟人叫住，他喋喋不休，說是從地鐵站步行到這裡來的，距此總有三四公里路了，路上還經過了一個巨大的海鮮市場。我把剛被他握過的手不經意地轉移到鼻子底下，思緒立刻從擺了很多鮮花的簽到桌漂向了充滿死魚和海水味的世界。在我和他說話時，目光難免四處轉動，這就盯上了一位朝我們這邊走來的女人。她居然穿了一雙白色的長筒襪，蕾絲刺繡看起來是多麼華麗。即便我常在大學校園裡散步，如此潔白的長筒襪也不多見。但是那熟人移了移他那沉重的身子，正好停在我注視的目光和那個女人中間。總是發生這種掃興的事。

不過開會時，她正坐在我的對面。她的軀幹和四肢都是細瘦的，長了一副感傷的小面孔，看人時，眼白微微地向上推，與她面前的介紹牌：「參，資深圖書策劃」不太吻合，尤其她頭上戴了一輪花朵型大髮帶，壓住一團蓬鬆的亂成一團的黑髮，那花朵開放得正歡，簡直遮去了她腦袋的三分之一，這和我對女圖書編輯的想像非常不接近。她突然朝我看來。

實際上，這種事兒是一直發生的，不光我這樣的文學評論家會遇到，你也會遇到這種事兒。總之，這是一個有故事的下午。這樣的下午，只要你還風華正茂，只要你早上起來，腦子裡想到的第一個問題還是晨勃，你就會遇到。

一種欲望，從脊柱傳遍全身，越來越強。將要發生什麼了。一轉眼參的雙唇就貼了上來，嘴唇做著親吻的動作，沒完沒了。豐滿的，女人的唇，帶點廉價茶葉的氣味。「沒想到，殘疾人專用廁所裡的洗手液這麼香。」她洗乾淨自己，讓我聞她，是有一股甜甜的檸檬香味兒。「黏黏糊糊時，你就會覺得自己犯了錯兒，一旦洗得乾乾淨淨，就好像什麼都沒發生過。」

按參的說法，她自己是個天性自然、感情奔放的性情中人，而她丈夫卻是個不苟言笑、講求正確、舉止恭敬、考慮周全的男人，他以他自己那謹慎的方式嚴格執行出版物質量標準，這個年紀還不到四十的出版局審讀員在家裡也嚴格地按部就班。比如：廚房裡所有瓶瓶罐罐的擺放恰好無一不對稱；客廳裡的鋼琴一旦出聲，頭頂上的水晶枝形吊燈必須搭配著打開；任何時候，窗戶都是緊閉的，如果房門沒被打開，那麼連最細微的一絲清風都不會掠過這套兩室一廳；沒有客人上門，也不去拜訪客人；沒有寵物，沒有小孩，瓶裡的假花一動不動。

有些深夜，參會胡思亂想，想起白天看過的書稿，那些書稿裡總會有一些過火的性描寫，想到那些動詞，那些擬聲詞，她就特別地心煩意亂。於是她穿著睡衣摸黑下床，走到客廳裡，打開琴蓋，碰碰那些熟悉的琴鍵，那些黑白鍵就會在黑暗中發出叮或咚的響聲，於是她就感覺好受一些。但是不出幾秒，總是連一分鐘都不到，頭頂上的水晶枝形吊燈就在她眼前明亮地綻放出金色光芒，讓她睜不開眼。

大概只有瑞蒙·卡佛才能以極簡方式解釋那緩緩的細微的出軌是怎樣開始並持

續偏離的。

「我喜歡吃速食，你懂的，」參站在洗手池前，照著自己，「你的鼻子很涼，有沒有人告訴過你？不過女人都不挑剔，你吻她們，她們都會喜歡。不管是扎人的鬍子，還是冰涼的鼻子。」

參挺好。早上剛和金牛女做過，我不窮凶極惡，悠悠品來，好味道倒全出來了。

總體而言，參是個挺溫柔的女人，對動物好，對弱者好。走在路上看到樹叢中的小野貓，她會很友好地兩手壓著裙擺朝它彎下腰去，注視著它直到它自己跑開。不過每次去吃燒烤，她還是會津津有味地連續吃上好幾串烤羊腰，熱氣騰騰的牛排也只要五分熟。說起她那位丈夫，她也只是搖搖頭。那男人初次走進她的視線時，她還只是個新手編輯，對對譯文，改改錯別字。她是去出版局請求網開一面時認識他的。那本書是她經手編輯的第一本書，獲得過法國梅第西文學獎、蒙特利爾圖書展大獎、蒙特利爾藍色都市國際文學節大獎。其中第一六七頁有這樣一段，沒能通過審查：

在我們的偶像周恩來
黨的這位嚴厲而又優雅的戰略家的演說中

我們絕望地尋找著
一股女人的芬芳
一條大腿的臆測
或一個多絨毛的頸脖
這些會讓我們
做幾個情色的夢。

和氣的男人和氣地反問她，「72個字？」她點點頭。

「這節不重要，也不涉及主題，主題不是還鄉嗎？」她再點點頭。

「這節，格調不太高，我想不必重複了，我們是靈魂工作者，得為我們的讀者負責。」

「可是，刪掉它……」

「對，刪掉它，沒人會知道少掉這一節，也沒誰真在乎。」這時男人的目光開始上下打量起參來，她看上去又瘦又小，「你是誰？對，我知道你是這書的責任編輯，你叫參，我想知道，你是誰？」

那天下午三點鐘，參出了出版局大門，她快步橫穿過馬路，步履一貫地輕快。

他們正式開始約會，是在三個月後，那時她開始做原創書，和友好溫和的男人不得不頻頻見面。

有一次，男人用一種非常溫和嚴肅的語調問參，「你在談論出版自由嗎？」

「我在談某種文字的正義性……」

「可是這是絲毫無用的，」男人打斷她，「性是一種力量，是一種仇恨，是所有一切，對於男人和女人來說，做就可以了，用文字去侮辱和熱愛，都不是性生活。人人都知道，說是沒用的，做才是真正的生活。」

「那就讓它們無用好了，為什麼不能容許它們存在？」

「我們只需要愛。只有愛是崇高的。你能不能不要頭腦那麼簡單，把愛和性愛混為一談？愛是詩意的，而性卻是骯髒的。」

「性是死亡，是壓迫，是生活，是愛，如果我們的文學裡沒有它，總有一天你會發現，你也失去了愛。」

那男人失去了耐心，他用簡單實際的方式開導參：「我們不是資本主義國家，我們不腐朽不墮落，那些作家，只要他們寫的是真善美，什麼都可以發表。」

「一個在美國寫作的人和一個在中國寫作的人，有什麼不一樣呢？他們都是文字工作者，都用腦，用體力，用感情。他們應該享有完全同等的出版權利，作家是屬於世界的。」

男人似笑非笑地反駁道：「不翻譯，中國作家就只屬於中國，外國作家就只屬於外國。」他變得有些粗魯了，「作家們無法改變自己的國籍，所以我們還是換一個話題吧。」

有什麼辦法才能讓審查減少傷害？編輯的紅筆不去干擾？怎麼才能讓那些充滿性器官的濕漉漉的文字活生生存在，卻又像鬼魂一樣隱形，輕盈地躲開那些？

親愛的讀者們，我們不必嚴肅地思考參的這些問題，因為她已經找到了解決辦法。偷偷提示一下：有些人寫作，會把自己的名字藏起來，藏在小說裡，卻以另一個名字在封皮上出現；有些古老的畫家，會把自己的臉畫在畫布的黑暗角落裡……

那天夜裡，我第一次夢到了貓，一隻黑貓，它一會用後爪扒扒，一會又用前爪刨刨，誰在那裡埋下了什麼？夢裡我被這動物弄得好奇起來，蹲下去看它尋找，它這裡抓一抓，那裡撓一撓，然後停下來朝天上看看、嗅嗅，又用爪子急切地挖了起來。不久我醒了。

「這是一場具有預示性的夢，」金牛女穀歌了一會，回頭看著我，「有些事情發生了，而你想瞞著我。」

於是我告訴了她那個殘疾人專用的廁所，它驚人地寬敞、乾淨，沒有任何氣味，不需花一分錢，「會受到所有偷情男女喜愛的」，我說。

「你就不能撒個謊騙騙我？」

「想開些，也許我們明天就不在一起。」

事實上，我和她一直維持到，她把三做責編的圖書全部看完。當然，我和三仍在繼續。有時有點亂套，有時我會疲於應對，稍感倦怠。大部分時候，三個人相安無事。

我告訴過三有關金牛女的事兒。沒有點出她的名字，她還只是個大學生，生命中尚未有任何值得一提的頭銜。「一個特別愛看書的姑娘，總是用穀歌和維琪百科，外語不錯。」「是個近視眼兒？」三本人視力極好，那雙像小鹿的眼睛裡總是帶著調皮的笑意。我搖搖頭，「在大學生裡或者在好學生裡算得上迷人。」

事實上，金牛女除了熱愛文學，在衣著上也頗強調自己的審美能力。她是《ELLE》、《VOGUE》等時尚雜誌最好最忠誠的聽眾，聽那些時裝編輯的建議，力所能及靠攏那些時尚元素。比如夏天剛開始，她就穿起了藏青色橫條紋T恤衫，因為據《ELLE》斷言，藍色水手衫將繼續流行，那衣服讓她看起來胖了不止一圈。她有一件自己染色的、無論掛著還是平鋪著都格外簡樸別致但一穿在她身上就格外不合身的不對稱麻布長袍，據說這是時髦的波希米亞風格裝束，圓圓的領口坦得很低，扁平的胸部一覽無遺，因為將小腿遮去了四分之三，她身上最後的一點優點（那小腿肚優美的弧線）也被完美地遮蔽了。

與之相比，參則顯得頗有主見。她會以一種挑釁的方式表露出她那顯而易見的肉體的魅力。她正處於女性的成熟期，不是穿一件胸口開得很低的V領襯衫，就是那些能充分炫耀她胸部輪廓的緊身上衣。聽異性說話時，她會微微張開她那厚實的雙唇，是誰說的，女人嘴唇的形狀和陰唇的形狀十分相似，區別只是一橫一豎……而她的眼睛卻又黑又大，瞧著人看時，好像隨時準備流淌出汩汩的愛意。

我沒有告訴參，她們倆雖然早都不是處女，但都奇怪地具有一種少女的忸怩，然後那忸怩又會在一個吻之後突然往後倒下，露出毫不害羞的底褲的顏色。

我和參做過幾次後，她提出，不能再讓「兩個老朋友繼續陳詞濫調下去了」。怎麼能讓它不那麼老一套？怎麼才能用得既得心應手又獨特不重複？她提出，為了恢復新鮮感，重新讓彼此變得富有吸引力，不妨來點角色扮演。「詩意在杜撰出的此處（指指她那裡）或彼處（指指我那裡）活著。」有一次，我扮演一個垂死的士兵，那種無力的柔弱顯然激發出了她真正的母性，她的表情隨之變得哀婉，格外動人，那次高潮的確美好。

有過多少個夜晚，在我因為白天晚上的雙重疲倦，很快以胎兒姿態入睡之後，我身旁的金牛女卻因為想像、猜測而輾轉難眠，索性起來看書呢？在後來的一封E-MAIL中她告訴我，她曾經下決心要對我特別溫柔，好把我從參那裡拉開。她不斷回想起我們曾經有過的每一次性愛，「令我如此滿足」，就連每一次接吻都得到了美好得有些不恰如其分的讚揚。（可惜，她還不會像參那樣，以名詞＋動詞＋擬聲詞的方式描述與之有關的種種生理上的細節。）她說她不會再愛什麼人了，如果她再愛什麼人的話，那個人一定有哪些方面像我。她還懷疑我從未真正愛過她。她甚至由此引申開去，討論了一番男人們的普遍弱點，即他們都是不可信的。她回憶了一番我說過的文學觀點，認為這些都讓她「茅塞頓開，受益無窮」。她還想像了一番我和參在床上的情景，說每次輪到她上那床時「都有點委屈得想哭」。（委屈這個詞一共重複了三次，這種心理其實是非常沒有必要的，她難道沒注意，每次參走後，我都會換上洗得乾乾淨淨的另一條床單？）她說她嫉妒參。（可憐的初出茅廬的女人，她渴望的只是獨佔我。）

我還清楚地記得，和金牛女分手的那個早晨。那天清晨，我們醒來，她建議我們一起出去吃早飯。我磨蹭了一會兒，最終還是迎著剛升起的太陽出門了。她搶在我前面走，這是從未發生過的，我們在人跡稀少的街上漫步，掃大街的中年婦女，頭也不抬從我們身旁經過。在一個大餅油條豆腐腦的攤子前我們停下，她坐下，蹺起二郎腿。我記得那天的豆腐腦帶一股腥味，蝦皮也許放太久了。拿起醋瓶時她突然顫抖了一下，事後我想那也許是個信號，但當時我只以為是風。她穿著黑色的裙子，像夢裡的黑貓的顏色。

「我看完了所有參編輯、策劃的書。」她說。

「不錯啊。」我說。

「昨天晚上我做了一個夢，夢見自己變成了一隻鳥兒，從你身邊飛走，飛得毫不費力，而且飛走後，再也沒飛回去。」

我看看她，她的眼睛很黑，頭髮也很黑，我忍不住想摸摸她的腦袋，但她躲開了。

「去愛參吧。」她最後說的三個字居然是，「對不起」。當然，我誠摯地祝福她今後一切都好。為了盡責，我一眨不眨地凝視著她的背影，不料她很快彎過街角，一輛從她身旁開過的公共汽車擋住了那很有可能的回眸一瞥。

那真是風和日麗的一天，在這樣的好天氣裡，人人都該神清氣爽，樂觀向上。

我一個人吃完剩下的早點，在一家早早起來做生意的水果店買了一些葡萄，經過報攤時我隨意瞥了一眼，頭條新聞是：孟買遭恐怖襲擊。我就這樣散步回家，打開電腦，上新浪微博，隨時隨地分享身邊的新鮮事兒，那天我關注的物件們，包括知名出版社、主流媒體、著名書評人、作家……＠的事情卻是同一樁：

著名女編輯為了理想犧牲職業道德，原創書冒名頂替版權書。女編輯微笑自辯，這是為了出版自由，不流血的犧牲。

此後我沒空再吃葡萄，因為一直電話不斷：文化版編輯找我，讓我談談對那套號稱是二十一世紀外國文學大獎叢書的「黃五星文庫」的看法。我一直想聯繫到參，但她就是不接電話。

我重新瀏覽我的書架，翻閱那些引起軒然大波的圖書，如果那些作者沒有一個外國名字，腰封上沒有那些得獎光環，我得承認，這些小說是有點有傷風化。我信手翻到一本《寫在身體上》，第八十六頁，「她不工作，埃爾金工作，她把他給她的鈔票全都上街花掉了，買了那裡最昂貴的內衣，為了我！只為了我！這裡。她說。我的嘴唇緊緊地貼在她的陰阜上，隔著蕾絲，給了她一個甜蜜的吻。同時她的雙手伸到我的內褲裡面，去摸那光滑的臀部。這臀部，快樂地輕輕顛搖著迎向她，手指輕輕撥弄著，陰蒂變得熱乎乎的，蹦蹦跳跳，手指在熱氣裡滑進裂開的、散發著身體裡水氣的狹小的山間小道。你濕得太厲害了，她聲音平靜地說。我鎮定自若地抬起頭，朝後轉向她，脫掉內衣。她的嘴唇邊遊移著一絲難以覺察的微笑。」

我突然想起參在我面前假裝害羞地低下頭去，卻拉起丁字褲後面那根細帶子啪地一聲擊打她自己的畫面。那聲音，每次都讓我急不可待，而現在，我卻只能繼續去看評論，去聽別人告訴我她的事，繼續吃飯繼續睡覺。我想像她以她特有的某種寧靜的莊嚴姿態，抱著裝滿她辦公桌上小零碎的紙箱，小心翼翼極為緩慢地走出編輯部裡人們的視線。

「我不自然了嗎？唉，新買的高跟鞋小了一點！」我想她會這麼說的。

那天晚上，當我上床，慢慢伸展開四肢時，才發現床單被換成了嶄新的白色，上面有著極細的條紋，豎的。新床單的氣味蓋去了床墊吸附過的所有其他氣味。曾經有一個四月底出生的女人在上面躺過，曾經有另一個女人在同樣的位置上躺下。

那晚卻只剩下我一個，男性的，接近中年的，以保護心臟的向右側臥的姿勢。

持續了幾個星期，並無性欲的日子。期間收到過金牛女一封 E-MAIL，那封信本身像是一個懸疑短篇，它澄清了所有問題。

好吧，我們必須假定，那愛的力量。愛肆無忌憚的性描寫，或者，只是愛一個男人。

肆

中國的女作家們很容易占得半邊天，既不是因為她們寫出了大量的好小說，也不是因為女讀者們比男人買了更多的書。評論家們偏愛女性文學寶貝，他們就是喜歡女作家，只要你是個女人，並且願意豁出去，你就會更受青睞。老男人俱樂部，永遠敞開大門。他們用上下、前後、左右三種方式來定義有沒有「價值」。誰讓我們生活在一個三維空間呢？

——肆

早上起來看微博，看到這樣一條——

小說月報微博：本刊近年選載過肆探索女性情感世界的多篇小說。比起其他女作家的女性主義敘事，她的敘事是徹底的男性主義，女性形象幾乎全都是他者，可以互相替換，是男性欲望的物件，至多只是男性自我投射的自戀影像。她以自己作品證明：作家無性別。

看起來，肆的作品已經受到讚譽。通過她的作品，讀者們或許會以為，這是個有魅力的女人。但不是這樣。真相遠非如此。這件事本該是保密的，可人是長嘴的。圈子裡人盡皆知。

我認識她時，她還處於起步階段。很多評論家像我一樣，一篇接一篇地評論她的小說，讓她有了一些名氣。那幾年的飯局上，每位女作家都向我提出過同樣的問題：為什麼你們這些評論家很重視肆？她的文字很粗線條，就像是一個自大的男人寫的。有一位，以青春反叛出名，她用一句非常粗魯的話總結：你們喜歡肆，因為你們不瞭解女人。我回答她：肆的小說是用文學方式表現女人，而我熟悉文學。

但我心緒煩亂。

我回想了一番肆的小說，似乎有著異乎尋常的細心、獨特的激情，還有嫺熟的技巧，我記得她寫過一個中篇：一個已婚少婦，第一次去情人那兒時吃了一驚，剛剛大學畢業的男孩住在一幢破破爛爛的老式公房裡，她踩著高跟鞋爬了五層樓，一邊爬一邊鼓勵自己：我不會後悔的。在昏暗的走廊裡她終於找到了要找的那一間並輕輕敲響了門。完事後卻發現，煤衛兩家合用。

在那篇小說的開頭，肆描寫了兩人相識的場景。在一個聚會上，少婦遠遠地看著自己丈夫脹鼓鼓的大肚皮，不由得給自己敲了下警鐘。「他以前還是不錯的，誰能想到男人會這樣放任自流，把自己弄成氣球那樣？他是有點兒錢，但這也不算什麼。」少婦在鏡中看到了自己仍然凹凸有致的身體，「我需要再找個男孩，我需要外遇，雖然我看上去不是那種女人。可女人需要愛情，需要調情。很快，我的青春也要一去不復返了。所以，要趁小肚腩還沒挺出來之前，再談個戀愛，發點讓自己耳紅心跳的短信，喝點酒，燭光下，羞答答地凝視他。」如她所願，她巧妙地阻攔住了一個打算再拿杯葡萄酒的年輕人，她向他講述她剛剛去海島度假的情形，並巧妙地隱去了丈夫的身影；年輕人看著她，眼神卻已經煩躁地飄向了另一雙苗條的大腿。

小說的結尾則似乎有了些寓意。為了紀念兩人相識一周年，少婦帶著情人回到自己童年時代住過的房子，他們在那座寧靜的房子裡玩捉迷藏的遊戲。「這個看上去仍然有些花心的英俊男孩，她想動手抓住他。不，還是躲起來，這樣才能提供更好的。」女人躲進了衣櫥，一直以為自己快要被抓住了，「躲進去後她才發現，那裡相當黑暗，暗得讓人不知身在何處，而自己確實已經上了點年紀，逼仄的空間讓她對自己的身體突然感到了陌生。」男孩始終沒有出現。她從衣櫥裡出來，發現男孩躺在沙發上，心不在焉地玩著她遺忘在桌上的一個魔方。

我一直認為肆是個乖孩子。文藝女青年中，神經質的非常多，她們感情外露，在床上熱情奔放，個性大多古怪。在一次讀書會活動中，我發現了肆，她的身材非常高挑纖長，足有一米七多，一頭長長的黑髮，戴了一對黑色美瞳的眼睛水汪汪的，化著深深的煙燻妝，塗著紅紅的唇膏，坐在角落裡，一聲不吭，看起來十分孤獨，或者說，不合群。我想她是在觀察。在我發言時，她攤開一本厚厚的筆記本，飛快往那上面寫著字。我的目光在她身上稍稍停留了一會兒。這沒什麼。每次星期天讀書會，來的那些女孩子，我總能看上個把。我愛她們，願意在一定程度上幫她們一把。一個頗有點聲名的評論家，總是能對碼字的女人產生一定程度的吸引力。只要我意味深長地凝視她們幾秒鐘，她們准會回報我一個甜甜的笑。這就是文學的美妙之處。

活動結束後，我悠閒地走出咖啡館，不經意中看見她正在我前面走著。我幾步就趕了上去，「你好。」她側過頭來，沖我微微一笑，微笑中有幾分害羞。「你急著回去嗎？」她搖搖頭。「那就陪我散散步吧。我就住在這附近。對了，今晚的讀書會，你覺得怎樣？」

「我同意您說的：所有的小說都是虛構的，所有的藝術都是騙術，作家創造的世界，是想像中的世界。」

「我引用了納博科夫的話。」

她抬起眼看著我，那眼光亮得，似乎一下照透了我。「對，他的《文學講稿》。所有的現實都只是相對的現實。」

「你自己看很多書？」

「是啊。」

「那為什麼還要參加這樣的活動浪費時間？」

「為了認識人。我喜歡評論家，他們是演員中的學者，學者中的演員。他們是每個文藝女青年的嚮往對象……」

「嗯，評論家是作家通往成名之路的階梯、墊腳石、橄欖枝、鵲橋……不過，你不覺得，我們有時候只是傾訴狂，似乎可以無所不談，但說的那一套還不一定符合邏輯？」

「您不是。」

她說的一點兒沒錯。想到這姑娘這麼肯定自己，我真想摸摸她的長頭髮。

「說真的，我挺羨慕你們。」

我誇張地扮了個鬼臉，「羨慕我們？我們可是寄生蟲啊，是寄生在作家身上的蝨子，你知道契訶夫怎麼說嗎？他說作家是一匹馬，我們就是一群牛虻，馬在辛勤地耕田，牛虻就專門去叮它的屁股，以至於馬不得不停下來用馬尾巴把它們趕走！」

「一個有名的評論家，他可以想捧誰就捧誰，想貶誰就貶誰。」

「有人願意貶你，批評你，那也是好事，那你也離成名不遠了。評論家最大的權力就是，選擇不評論誰，完全忽視，冷遇。」

「就像那些君主，把失寵的後妃、皇子，安置在冷宮。」

「從來沒有過寵愛！沒有了評論家，那些小說，那些詩，那些人物，就從來都不曾存在過！」（這話我是脫口而出的，最好還是別印出來……）

「我一直夢想著，有一個像您這樣優秀的評論家，願意讀讀我那些單調乏味的小練筆。」她說著，下意識地抓了抓挎包的長帶子。

有些承諾，不能出現在不恰當的章節。對此，我可算是小有心得。我不著痕跡地轉移了話題，「你平時都幹些什麼？」

「我平時一向都宅在家裡，寫東西，不喜歡出門。可老待在家裡，」她歎一口氣說，「有時也有點悶。」

我們熱情洋溢地交談。我們繞著一個街心花園走了幾圈。我已經幾次經過我住的社區了。她的臉忽隱忽現在低垂的枝葉下。這時她突然發出低低一聲呻吟，那麼溫柔，原來她穿了高跟鞋，鞋跟比較細，正好嵌進路旁一個窨井蓋的縫隙裡。她用力拔腳，倒是把鞋跟拔了出來，可腳也崴了。「那就去我家坐坐吧，家裡有雲南白藥氣霧劑，你到時換雙拖鞋走吧。」我很小心地措詞。她點點頭，一瘸一拐地跟著我穿過花園。

＊＋四位密碼＋#，開鐵門開房門開燈。她進了屋。站在門邊換鞋的時候，我注意到她的腳有點大，見我直直地盯著她的腳看，她垂下眼睛，臉一下就紅了。

我只開了客廳裡的落地燈，這樣，燈光昏暗得萬無一失。越是昏暗，越有希望。在廚房裡，我開了一瓶紅酒，在盤子裡倒了一袋薯片。我回到客廳時，發現她打開了頂燈，正站在我的書架前，嬌俏地歪著頭，看著一排排的書名。我選了拉威爾的浪漫名曲《達芙妮與克羅埃》，故事情節來自希臘作家朗格斯的田園詩，是關於萊斯博士島上一對牧羊人的小清新愛情故事。美酒加音樂，男女老一套。這個夜晚，適合寫景抒情。

「我不喝酒，我只喝水。」她的眼神因為不好意思而變得躲躲散散。

「中國作家裡，你喜歡誰的？」我故意不接她的話。

她皺了皺眉頭，「沒有大師，大部分有名的都不怎麼樣。」

「你可不該當我的面這麼說……」

「也許吧，也許等我到了您的年……境界，我會喜歡幾個。也許到了那時，他們會讓我喜歡上的。」

好吧，她是不是在暗示什麼。我給她倒了杯水。她便在沙發上坐了下來。

她告訴我，她二十二歲，大學剛畢業。從小到大，她都沒有什麼朋友。總是一個人，待在一邊。她來自一個偏遠小鎮，從初中開始就是住校生。二十二歲，她還從來沒有跟一個男人上過床，從來沒有喝過一杯酒。我覺得自己運氣太好了。

在她捧著杯子的時候，我在她背後彎下身，出其不意地，看似隨意地，摸了摸她的頭髮。「你很特別。」我說。這個形容詞可比可愛、漂亮等等更容易打動她們。

「我得走了，」她低聲說，呼吸有一點急促，「再晚就要付夜計費了。」

我不想她走，但也沒做出任何要多留她一會兒的舉動。我只是對她說，「有個筆會，在鄰近城市舉辦，你願意和我一起去嗎？」人在異鄉，一點酒精，只要把手看似無意地搭到對方肩膀上，稍稍用力一帶，就會不可思議地自己倒進我懷裡。過去我使這招從未失敗過。就算不幸碰到一個貞婦烈女，還是可以得體地全身而退，喝多了嘛。

她躲開我的目光，穿著我的拖鞋，拎起自己的高跟鞋回答，「啊，我想一想。」

關上門後我若有所失，靠在門板上我快速重播了整個晚上。我告訴自己，再過幾個小時，她肯定會來，而如果一切順利……

第二天一早就開始下雨，她果然來了，穿著格子襯衫裙，黑色牛仔褲，這次我發現她的臀部小小扁扁，像個還沒發育的小姑娘。「你的腳沒事吧？」

她搖搖頭，「謝謝你的拖鞋，我刷過了。」她邊說邊遞過來一隻馬夾袋，「謝謝。」她又重複了一遍。

我們一起去了那個地級市。在那裡我們度過了一個相當平靜的週末。我們住同一個房間，我們互相盯著對方的眼睛，我滔滔不絕地用索緒爾的所指和能指談論著人生的任意性和線條性。但是到此為止。我們只是聊天，沒有越軌行為。對於我向她發出的每一個信號，她都說：「不……不……」我灌下好幾杯白酒，一杯又一杯。最後一個人上了床。而肆戴上她的眼鏡躺在床上看書。

筆會結束時，我已經費盡心機竭盡所能，但我依然潔身自好。她的理由是她來月經了。回上海的列車在飛馳。想到我浪費了的時間，我忍不住皺起了眉頭，為什麼出發前她不對我說清楚呢？但我還是問她，想不想一起吃晚飯。因此，我們又吃了晚飯。晚飯後我突然恢復了理智，決定不再堅持不懈地追逐一個過於天真的年輕女孩子。她愛躲多久就躲多久吧，最後總有人會上了她的。

不久我就看到了她的新短篇：一個女人，徐娘半老，風韻猶存，在酒吧裡極力引誘一個年輕男孩。她告訴他自己的故事，她曾經愛上過怎樣的男人。男孩把啤酒杯放在了一邊，做出津津有味傾聽的樣子。他和她耳鬢廝磨，摸她擰她，最後同意跟女人一起去開房。小說有意思的地方是通篇以男孩的內心獨白，極盡刻薄之事。

「這種女人，丈夫在哪裡呢？她不應該總是去繞她的頭髮，而是應該在適當的時候，跺一跺腳，把腰上那些贅肉甩掉。……那個允許別人自由停車的空位，已經停過太多，你都不想知道。……奔湧、噴濺、滴滴答答，別再這麼搔首弄姿啦，該不該用雞雞插一下呢？這活兒還是挺辛苦的，她得幹點什麼，然後才能得到雞雞。」

他們推開酒吧門，走到大街上，這時天已經亮了，朦朧晨光中，男孩回頭，看清了那個女人的臉，他發現她老得比他以為的更厲害。小說最後，男孩允許女人看看摸摸，然後輕輕巧巧地拉上拉鍊，告訴她，「要是我願意出力氣，幹得好，還幹出點新花樣來，那就是真正的愛情戲啦。」

好吧，我不再企圖把她帶回家了。關於性需求的問題，我有的是地方解決，解決得還相當不錯。但是，你們明白我為什麼心緒煩亂了？

是那種異化感。大部分女性作家喜歡在文本中誇大自己的女性特徵，細膩委婉也好，從容雅致也罷，豐饒的文學語言後面，是不變的小女人小心思。即使表現出一派諷刺奚落的態度，最終總有個什麼缺口，表現出好感，流露出無可奈何的軟弱。越是吵吵鬧鬧，怒氣衝衝，越是表明她們受到了男性的馴化。而肆的文本語言，直率粗俗，甚至有那麼一點「霸權話語」。在她的小說裡，女性不再具有個性，甚至都沒法虛張聲勢。為此我專門寫了篇文章，定義她的寫作是「男性氣質寫作」。

肆仍然常常來找我，一天晚上，她在電話裡邀請我去她家坐坐，我驅車前往，按鈴報上自己姓名，走進那座老公寓樓。她在房門口等著我。我發現她的屋子裡沒有任何氣味，燈光還算柔和。廚房尤其空蕩蕩，只有一把電水壺，一打一次性杯子，一盒即溶咖啡。冰箱裡存著幾瓶礦泉水。衛生間裡有一隻裝滿東西的化妝包，幾塊沐浴皂和幾條乾淨的毛巾。一切都井井有條。

「你想我嗎？」她問我。我沒回答。

我一直都想著她，也許是因為還沒有得到她。漸漸地，我的內心深處對她有了一種感情。那時我以為，我這感情多少喚起了一點她的回應。那天晚上，我就是這麼以為的。我以為會和她共度一個晚上，而我會在天亮前離開。女人是不希望男人深夜離開的，獨自一人面對漫漫長夜，難免情緒低沉。

看，我頭腦很清醒吧。雖然我急切地想得到肆，卻表現得完全不積極。我裝出一副隨隨便便的樣子，於是我們開始聊起小說的真實性。她拿出幾張Ａ４紙讓我看。又是一個短篇。一個男人用陌陌找了一個姑娘，想和她玩ＳＭ，他掏出事先買好的手銬，想把她銬到床頭上，姑娘一反抗，男人不小心也被銬上了。兩個陌生人，被一副手銬鎖在了一起，在賓館裡過了一夜。情節看起來有趣，卻經不起邏輯的推敲。「小說是虛構的藝術，來自作家的想像力。您不能用可信性和真實性的原則去分析它。」「但我們還是要有點邏輯的觀念。」「那您幹嘛評論小說呢？您應該去評論紀錄片。」唉，是誰說的，最好的防守就是攻擊？我伸出胳膊抱住了她，一時間，她鼓鼓的乳房頂到了我的胸口，但她很快就掙脫了我的擁抱。

「不，我不能這樣，」她一臉尷尬，「我是屬於上帝的。我們基督徒不能有婚前性行為，要把美好的性留在結婚之後。」為此她還背誦了一段，「婚姻，人人都當尊重，床也不可污穢，因為苟合行淫的人，神必要審判。」這真是一個不錯的構思，雖然希區考克在他的《國防大機密》裡已經用過：大衣口袋裡的那本《聖經》擋住了一顆射來的子彈，羅伯特．多納特飾演的漢內因此而獲救。好吧，現在有個上帝隔在我們中間了。

「只有在敬愛的上帝面前，我才會把自己像一本書那樣打開。」

「上帝真的會讀你這本書嗎？」

「這世上所有的書都是他寫的，他不讀也全都知道。」

男女之間如果沒有了懸念，那就像一片擱了好幾天的麵包一樣乾枯乏味。接下來的一段時間，我竟然不知道該拿她怎麼辦了。她讓我寫寫關於她的小說的評論，我也有意好好寫上一篇，寫下她名字時自覺還有著一點熱情，但寫著寫著就煩透了，覺得打下的每一個漢字都鑽到了她的裙子底下，仰視著她的性感小內褲。

正是在這種煎熬中，我看完了她的十幾個中短篇，大部分都是關於年輕男孩和中年婦女的，這很容易讓人聯想到母子亂倫的隱喻。一般而言，文學創作中的基本母題是「父與子」，「父」是秩序和固守的象徵，「子」代表著變化與發展，父子關係體現一種衝突與對抗。但在肆的小說裡，俄狄浦斯母題嬗變成了那喀索斯的惡之花，男孩們自我放逐、自我閹割，對女人們的求歡，表面挑逗敷衍，內心無動於衷，在她們一往情深把自己打開後，殘忍地諷刺嘲弄她們的盲目。

在一篇題為〈她保養得很好卻不再年輕〉的小說中，肆描寫了一個在事業上頗為不順的年輕男人，他的女客戶正在千方百計地討好追求他，主動投懷送抱。一方面他總是一副冷面孔，讓她飽受折磨。另一方面他偷偷在她家對面租了一個房間，祕密跟蹤她、偷窺她。「這是一個孤獨的女人。不漂亮，保養得好，拚命保持自己體型，會穿衣服，髮型也適合，所以顯年輕。每半年去整形醫院做一次微波滾輪，刺激皮下組織再生。每週精心塗指甲油。每天晚餐只吃白米稀飯配水煮青菜。每次洗完澡後往身上抹緊緻乳液。新床單總是那麼漂亮，女人會不由自主地浮想聯翩。調整床頭燈。特意換上新買的昂貴內衣，在鏡子前衣櫥前煩躁不安地走來走去。把手捂在嘴上擋著鼻子哈氣聞自己的口氣。再喝杯玫瑰花茶。所有這些跡象說明，她的身體在盼望著。她是多麼渴望那一下到來啊……你要做的事很簡單。去敲門，讓她再稍微矜持一下，讓她咯咯笑出聲來，告訴她，不用把那誘人的曲線遮蓋起來。儘管去擁抱這個鬆鬆垮垮的小肉球吧，在她身上磨蹭，磨到小肉球的球嘴哼哼著漏氣，軟掉癟掉為止。那球嘴，多次被氣針插入，導致鬆馳、受損。她要的只是你往那球裡加進一點液體。利用液體滲入的能力，同時靠液體的表面張力和吸附力，使液體堵住漏氣小孔。而這些自以為還拿得出手、可以跟小女孩們競爭一番的女人，這些志在必得的女獵手，一旦開始幻想愛情，慷慨地寬衣解帶，就成了年輕人們的獵物。她們憑什麼以為，緊緊地握著莖幹，來點潤如酥的小雨，那上面就能開出一朵愛情花？這一來，她們老得更快了。」

儘管那些女人們經濟獨立，受過良好教育，懂得很多知識，對自己身體的魅力還有點信心，可在肆的安排下，她們就是沒法把遊戲進行下去。她們有的被粗暴地脫光，扔在為歡度快樂時光而特地買來的嶄新的太空記憶棉床墊上，被隨便塞進一根手指頭草草地搗上幾圈，「我這樣做是為了你好，那裡太乾了，摩擦會讓你疼的。」那就像是把廉價的塑膠奶嘴塞進哭鬧的嬰兒嘴裡一樣。有的被要求赤身裸體站在鏡子前，筆直地，穿著高跟鞋站在那兒，就像在學校裡，老師讓學生下課後罰站似的，但男孩不再提什麼要求了。「他拿起一本書，躺在床上，開始研究起那本書上列出的中國人一生要去的五十個地方。」還有一位，讓那個高傲的、會說幾國外語的半老徐娘，從衣櫥裡挑出她自己最喜歡的、也是最貴的一件貂皮大衣來。「她願意做他那穿皮衣的維納斯。她會穿上它，板起臉來，用絲襪捆綁他，用腰帶抽打他，好馴服他的獸性衝動。……那可真是一件好皮草，摸上去柔順極了，男孩撫摸著，幾分鐘之後，他洩在了它身上。」

沒有一篇小說，結局是男女歡喜，和諧為一的。所有的男孩們，都固執地不肯射進女人們的身體裡，陽具成了無生命無意義的道具與符號。肆的小說，為什麼總愛製造這種分裂？寫作時的肆，到底是在以什麼樣的身分敘事呢？

乍一看，你會以為她似乎回到了五四時代，那個徹底的「弒父」時代，那個高舉「人性自由」、「女性解放」的時代，但她筆下的男性，那「臨門一腳」的缺席，不是因為男性自身的疲弱，而是明明有著足夠的實力，偏不讓女人過上一把

「解放」的癮。在肆的小說裡，敘述者基本都是男性，他們站在男性的立場上，扮演著凌遲處死愛情的劊子手。

幾周後，上海的《文學報》專門闢出一個整版（第14版），刊登了我那篇洋洋灑灑近五千字的〈雙性同體：論肆小說的性別超越內蘊〉。在那篇評論文章中，我舉重若輕，從心理學領域裡，佛洛依德和榮格提到過的「人類不僅具有雙性化生理特點，而且具有雙性化心理特點」這一觀點出發，指出每個人都是雌雄雙性體，情感和心態總是同時兼有兩性傾向。進而分析肆的每一篇小說，「都受到兩種力量的支配，一種是男性力量，另一種是女性力量。」最後昇華到肆作為一個女作家，站在男性立場，試圖完成對女性心理的認識，進而放逐男性，挑戰傳統的男權文化：「以一種敘述上的『女扮男裝』，性別反串來體驗生命的豐富多彩；以委婉曲折的方式表達出自己內心深處回歸完整人性的渴望。」編輯還細心地配了一張肆的小照，下巴向下收起的四十五度角美女，即使黑白，照樣光彩四溢。

這樣一篇被到處轉載（轉載費每次五十元，簡直像打發叫花子一樣），並引發許多爭議的好文章，理應贏得那個美麗的身體。看，我是那樣忠心耿耿地幫助她！沒有用。真是出乎意料。發短信，讓她細看來著，不久她回了一條：已經看到了，很好，謝謝。這可不是常有的事。有段時間，我把她的來電鈴聲特意設置成了那天晚上的「達芙妮與克羅埃」。但她沒撥過我的號碼。

這之後，突然，男評論家們似乎聯起手來了，似乎都在卯著勁兒：必須解開肆的胸罩扣子，將其內褲脫下。我認識的每個同行都在說她的作品，好像她跟我們每個人都有了關係似的。您儘管相信那些標題吧，比如：肆是不是女性主義者？再議肆的無性別中性敘事、性別的雙重標準……有的同行宣稱：肆發出了「另外一種聲音」，女性「失落的聲音」，而不是「不同的聲音」；立刻就有同行補充：作為女性作品，肆的「自我再現」是藝術的結晶，而不再只是直覺的產物；很快又有同行反駁：既然肆的小說強調的是男性優越，譏諷女性天真衝動、無自知之明，不正好證明了自身的女性意識嗎？因為她「至少在精神上已經深深地打上了男性的烙印」。

很快，女評論家們也加入了這場混戰，「肆通過中年女性的性愛遭遇反映出一種再典型不過的陽具中心傳統觀念，這其實是男權中心話語的一種建構。」「單向的渴望而故意不被滿足，是一個匪夷所思的男權邏輯。而這一情結恰恰是由男權文化強加給女性作家的。」對此，女作家們也搖旗吶喊，認為「女性解放要靠女性意識覺醒，首先是自己解放自己」，看來，肆該去成人性用品商店瞭解瞭解女性自慰玩具。

肆再次和我聯繫是在她出名半年之後。她因為「想不出故事」而焦慮，於是我建議她寫一篇自傳體小說。（這樣更直觀，便於我進一步瞭解她。）一個月後，她交給我一個中篇，採用了第一人稱敘事，「這是一個講給寬容的人聽的故事。」故事中的「我」，出生在一個貧窮的鄉村，因為是女孩，被重男輕女的父親送走。「養母是個漂亮卻冷漠的女人，一副纖巧的骨架，一年中有三個季節繫絲巾，絲巾繫得鬆鬆的，飄來飄去。」幼小的「我」逐漸長大，心靈極度地孤獨，文學書籍是唯一的避難所。「對牛頓重力加速度這些名詞一竅不通，化學方程式也讓人討厭。我總是躺在床上看書，要不就是寫幾句詩什麼的。其實母親她也不比我好多少，父親總是說她，沒有數字概念。所以，她從來不去菜場，從來不會算帳，也從來不懂我的價值。」

「我」渴望得到溫暖的母愛。「我只要她的一點點時間。一起看看報紙，聊聊天，聽聽音樂，喝瓶優酪乳，去林蔭大道上賞賞風景，我就別無所求了。這點要求，不算過分吧？」

十六歲時，「我」的身高已經超過養母一個頭，「我從來沒像其他小孩那樣，哭鬧著要過月亮。我沒要求她抱過我哄過我。」於是「我」開始想像，如果自己裝扮成男孩，養母會不會愛上自己？「我」後來真的這麼做了。養母與養女之間的關係開始變得古怪。養母開始刻意迴避男孩一樣的「我」，「她越是像個雕塑一樣冷若冰霜，我就越是蠢蠢欲動。我把梔子花插在她喝水的杯子裡，她卻不等花瓣凋謝就把它們扔了。其實我對她沒有什麼想像。事實上，如果她真的有什麼變化，我肯定會完全沒了興趣。但這試探卻發展成了真正的渴望。我開始觀察，是不是有某種小小的暗示？是不是有什麼蛛絲馬跡？」

最終，痛苦的「我」將母親逼到了牆角，逼她承認，她是愛「我」的。「我緊緊箍住了這個流著淚的老女人。她已經有好幾根白頭髮了。我吻了她。她沒尖叫。她顯得茫然無措。她的唇又軟又冷。」

最後，養母無法承受，提出和「我」斷絕收養關係。「我」離開家，去了另一個城市生活。但為了能和養母「永恆同在」，不再恢復自己的女兒身。「唯一問題是，有時會懷疑自己的存在。我喜歡上了照鏡子。每經過一面鏡子，都去瞄上一眼。我也喜歡去各種咖啡館、文學沙龍，因為那裡總是明亮，看起來滿滿當當，但總能找到一張空桌子。」

然而夜深人靜之時，「我」凝視鏡中的自己，發現自己「既不是男孩，也不是女孩。一個棄兒。」那麼，「你是誰？」「我」問道。

這個小說是如此地變態扭曲，大量的內心獨白瀰漫著一種沉沉的孤寂。看完我問肆，「你真的缺少母愛嗎？」她點點頭，又搖搖頭，「我只是想像自己是個孩子。」這個中篇在所有的國家級文學期刊那裡碰了釘子，據說看過它的編輯們認為「主題令人不快，格調不高」。

有天晚上，我跟一個飛快把自己灌醉的文藝女青年上了床，我們在床上折騰了足有一個小時，那姑娘表現得百無禁忌，樂於嘗試我層出不窮的想像力。完事之後，她一邊擦著自己，一邊賣弄風情地微笑著說，「我還以為，我沒能讓你很動心呢。」「動心？我現在又想動性了你信不信？」她放鬆地躺下，把自己的腦袋心滿意足地攤在了我的枕頭上。

我很快睡著了。但睡著後，肆卻不請自來，出現在我的夢裡。「我從前的模樣，和現在很不同。我也不像你原先想像的那樣。我會讓你大吃一驚的。」是的，她的臉全毀了。徹底毀了。不知是被什麼毀的，滿臉都是醜陋的疤痕。她張開嘴對我說，「到了現在這個地步，我只能從頭開始。」於是她的手上多了一把剪刀，開始剪起了頭髮。她的頭髮又長又厚，她把它們像面紗似的，垂放在自己的臉前，抖抖松。我想我是面對她站著的，一時間，除了她的頭髮，我什麼也看不見。頭髮沒了。肆的眼睛平靜地注視著我。乍一看，她的模樣變了許多，是那麼奇形怪狀。但很快，這張臉變得熟悉起來，我甚至覺得，這張臉讓我更瞭解肆了。

「我自己就是個暗喻。」

「暗喻什麼？」

「不僅是個暗喻，而且是個明喻。」

肆說完這句話就不見了，而我卻在夢裡流出了幾滴眼淚。半夜時醒來，我突然有了一種不好的預感。

到了早上，我就沒有那麼一驚一乍了。我和那姑娘後來保持著不錯的關係，吃吃飯喝喝酒做做愛，一邊聽著拉威爾的浪漫名曲《達芙妮與克羅埃》，一邊各自發表對哪本小說哪個觀點的看法。一部再傑出的小說，你把它讀上一百遍，也會覺得像件舊傢俱一樣。評論家的職業特點就是，你可以讀上一百個作者，這樣，每次都能讀到點新東西。

故事本該到此為止。

故事是在另一個評論家那裡，發展得有點過了頭。那人比我高大粗壯得多，有兩隻有力的手。他把肆帶回自己家，就在地板上。衣服扯了下來。他發現他沒法和她做愛。年輕男人的身體自有一番樂趣，但那地方，我那同行從沒去過。

伍

關於「講話」的文獻層出不窮，此種勢頭不會隨著時間流逝而稍有減弱。作為一位著名的講話者，必須擁有極為準確無誤的用詞技巧。每一個詞語總得在恰當的地方出現並恰當地重複，並因此變得重要，別具深意。

——伍

伍在四年前的今天失蹤了。此前我一直以為，這個詞是發生在陌生人身上的。比如，發生在某本小說裡。對我而言，失蹤是一個抽象概念。

失蹤前，他似乎在忙一個小說，同時忙於修改一個軟體，和詞彙學有關，應該已經完成了一大半。有一次，他在我面前極力強調，一個寫作者愛用哪些詞彙，是先於作品存在的。伍一直沉迷於這種細枝末節，他也曾經口若懸河地借助他那套半吊子軟體向我證明：中國詩人最愛用的兩個詞語，一個是太陽，一個是黑暗。他這種對待詞語的態度在我們小圈子裡引起過爭議，到底是過於走正步了，還是太藝術體操？而在我看來，他無非是對語言的純潔性矯枉過正了，他可能只是想一語驚人，給朋友們留下深刻印象。然而現在他失蹤了，沉默的人沒有太多機會。

已經四年了，我還是難以相信伍就這麼憑空消失了。當然也談不上多麼傷心，但我現在還能記起他的樣子，給他來個尋人啟事式的描述完全不算件難事兒：他的體格看起來挺結實，甚至都有些笨重。鼻子又塌又胖，整張臉也因此變得沒有稜角，完全沒有明暗對比。同時他的眼角總是向下耷拉，這使得他的凝視有了略顯陰鬱的氣質。而他用來打字的手指則特別細長，就像是手掌上生出了十支筆。頭髮總是梳理得一絲不苟，修剪得宛如一個鍋蓋。喜歡穿皺巴巴的灰顏色。洗衣服時，總是不記得把裡面的紙幣取出來。（這樣一個人，也會失蹤？）

這個來自南方小城的年輕人，到達魔都後所做的第一件事（據他所說）是來拜訪我。他後來承認，他其實既不認識我，也沒看過我寫的東西，只是聽說我在圈內挺有名，就狂熱地跑來看我了。時間是早上八點，有名的評論家這會兒當然應該還在床上無法見客。八點零五分，他懷著敬意發了平生第一條微博：他肯定通宵達旦閱讀、寫作。其實我只是前一晚，白酒喝多了。

接下去的幾年，他都在《咬嚼》雜誌工作，三心二意地挑著錯，隔三差五地找我一起吃飯喝酒，順便請我看看他寫的小說。他的小說總體而言乾巴巴的（褒義的說法是平靜），有時有很多古怪的聯想，比如有一個寫葬禮的短篇，不知不覺就離了題，開始討論起來人們下葬時穿的衣服究竟應該是什麼顏色？是為了防止灰掉到骨頭上還是為了自己變成灰蓋在骨頭上？我認為這種不恰當的刨根問柢是閱讀了太多詞典的結果。

在他失蹤前半年，他自稱徹底地迷上了象徵主義。一開始，他迷上的是落葉，上海這地方有數不盡的樹，他會拿起一片自言自語，根據那天撿到的第一片落葉紋理，定下那天將要開工的小說標題。不久他的小說裡充滿了比喻：女人新買的高跟鞋底忘了撕去的商標，象徵她來自小地方，象徵她在熙熙攘攘人群中的孤獨；沼澤地象徵腐爛象徵小動物們的累累白骨象徵暴君……象徵真是被用到氾濫。再後來，只要我見他時身穿那件我最喜歡的軍綠色襯衫，他就會認為他的小說面臨被批駁被否定的「黯淡、荒涼」。「為什麼你不覺得這象徵著青銅器青銅時代，象徵你的小說將有一種神祕的命運？」我含笑嘲諷他。

就是在那次見面喝酒的時候，伍提到了他想效仿卡夫卡。「這算是我的口頭遺囑，」伍突然壓低聲音說，「我真不想讓人看到我現在寫的那些。我們立個約定吧。」

「你又開始寫新的了？」

「我一直在研究一份講話稿，我已經蒐集到了一切和這份講話稿有關的文章，為了徹底瞭解那位講話人，我還跑了好幾次圖書館。昨天我開始動筆了，我要寫一個和它有關的筆記小說，但夜裡我突然有種不安的感覺，我甚至做了一個噩夢，那個噩夢很有象徵意味：一群人突然破門闖進我家，把我拖到了一家洗頭店，不同的人用不同的方式給我洗，洗了整整一夜，把我所有頭髮都洗掉了。」伍摸了摸腦袋，然後繼續往下說：「醒來我心跳得厲害。所以，要是我死了，或者失蹤滿四年，你就銷毀我生平所有的文字，尤其是我現在寫的這一個。」

「現在這個，檔案名叫什麼？」

「『講話』關鍵字索引。哎，我說，你根本不需要知道這些，我那台筆記型電腦，你不用打開看，直接扔進黃浦江了事。這肯定是最絕對的破壞方法。」

「那要是我先死了呢？」

「那我就只能再找一個朋友了。不過，我不認為會發生那樣的事。明天我就去再配一套家裡的鑰匙給你。」

總之，我們就這麼說定了。在聽說伍失蹤後，我就拿著他家的鑰匙進了他家。他家朝向不太好，明明是明亮的下午，屋子裡卻光線陰暗，令人感到壓抑。而他的書桌卻奇怪地一塵不染，抽屜沒上鎖，裡面空空如也，只有一張女人的照片。不是個漂亮女人，還有點胖。在那次噩夢之後，他提到過一次，「我們辦公室裡的那位女博士，還是有些優點的，儘管遠遠達不到我對靈魂讀者的基本要求，但我還是決定將就一下。」

那天下午，我第一次享受到了做賊的樂趣。然而和伍一起失蹤的，還有他那台滑鼠經常會亂動的ＤＥＬＬ。

我是在衛生間裡找到伍的手稿的。唉，他幹嘛把它們放在衛生紙下面？不過，我現在好像還能聽到他靦腆的笑聲，「你看，只有藏在那裡才保險。」我記得他告訴我他喜歡坐在馬桶上讀書寫字時我的反應。「納博科夫也曾經坐在浴缸裡寫作，你無非是想學那個思想者嘛。記得戴個加香口罩。」

今天，伍失蹤整整四年了，日出日落，當中還下了點雨，我想，伍是多麼微不足道啊。（今天早上醒來前，我還遠遠不是伍最鐵杆的支持者。）這四年裡，有三次是在我刷牙的時候，突然想起他。還有一次是在別人歸還我欠條的時候。這四次想念都在幾秒鐘之內就結束了。但我為此買過三次電動牙刷。即便死神臨時找上門來，我也想帶上自己的牙刷上路。

不過伍真是非常瞭解自己所選定的遺囑執行人，他知道我就像那個勃羅德一樣，並不真正理解朋友的藝術，所以並不會去執行他自己的決定。是的，時光漫漫，我將盡我所能，把伍生前的那些文字，無限放大、抬高，給一群像我一樣，不懂得他的象徵手法的世人觀看。

肉體失蹤後，靈魂還能繼續在四處遊蕩。構建-消解-構建，這難道不是象徵主義的真諦嗎？

以下內容來自伍迄今祕不示人的手稿——

某文藝工作室終於發佈了人們期待已久的〈講話〉關鍵字索引，共五十詞。並附回憶錄、詞語解析指南、評論文章、百位文學藝術家參與抄寫的手抄珍藏紀念冊等，洋洋灑灑，旁徵博引，全面得近乎完美，實為深思熟慮之舉，受到很多好評。當然，也還是有些令人不快的流言蜚語，即這百位文學藝術家是否真正實至名歸，好在謬論很快被平息。

〈講話〉這篇不到二萬字的作品在遺傳學上極為重要，因為它證明了中國人基因組圖譜關於變異的觀點是正確的，七〇年來，從基因的角度看，文學藝術家的變異連千分之一都不到。

文藝，149次。那一時期的文學和藝術集中表現為「向講話者請教」這一形式。比如：一個男人長途跋涉到講話者住的黃土高坡上，目的是向他請教。「我整夜失眠，怎樣才能睡個好覺呢？」講話者仔細打量他一番，然後說，「用一根棍子從後面打你最好的朋友後腦勺一次。」一個女人拜見講話者，她告訴他，「我總是意識到我是個美麗的女人，怎麼才能克服這種虛榮心？」講話者飛快地回答她，「去尋找一種名叫觀音土的白色軟泥服下，七七四十九天後見效。」記錄在冊的還有這樣一個問題，「怎樣才能像您一樣，做一個真正的講話者呢？」回答是，「一個真正的講話者，不能說標準的普通話，要經常去不是自己家的家。」（真的很讓人長知識）

有一天，一個年輕的大學生向他提出了一個問題，「信仰真的存在嗎？」他們就是否相信信仰、信仰是否一種幻覺、到底是我思故我在還是我在故我思等等討論了整整一天一夜，講話者指責了大學生的虛無主義態度，他深吸一口自己手捲的菸，告訴他，信仰不僅存在而且無處不在，尤其是在泡饃餄餎裡，「你會越吃越想吃，越吃越想吃更好的，越吃越虔誠」。看起來，這番討論給講話者留下了深刻印象，在座談會上，他侃侃而談**主義**77次。（他一次都沒有提到信仰，是因為開會前，他吃下了整整三大碗羊肉泡饃，講話時，他的肚子一點都不餓。）

首次公開的關鍵字索引中有一處顯然令人深思——**我們**（出現143次）；**他們**（出現109次）；**你們**（經查找發現，只出現了4次）。長期以來，人們考證那次座談會的會議座次安排，但也許，講話者始終背對著與會者，因此並不存在他「與之說話的一些人」（該解釋源自「漢典」），據說共有一百多位。只有4次，因為打噴嚏，講話者轉過身來，「你們不要以為這部分人數目少」，是的，每年五月，因為花粉什麼過敏而打噴嚏，眼睛鼻子耳朵癢癢的，確實不在少數。

問題，出現了103次，看來我們的講話者受到了困擾。那一年，不幸爆發了「紅色盲」病毒感染事件，農民們不能分辨未熟的青辣椒和成熟的紅辣椒，鬧出了不少笑話；畫家們常常把綠色視為黃色，紫色看成藍色；作家們則把紅色文學寫成了灰色文學。而我們的講話者對紅色情有獨鍾，甚至有好多年，提到其他任何顏色都會令他緊鎖雙眉。為此他邀請他的作家朋友們去他家吃飯，等到他們都在餐桌旁的木椅上就坐，他單刀直入，在每人面前放上一盤紅辣椒、一盤番茄。有幾位詩人，宣稱他們更喜歡青辣椒。還有幾位小說家，從咬下第一口紅辣椒開始，就不停地咳嗽、噴唾沫星子，有幾顆，噴到了講話者的頭髮上。他們非常緊張，但講話者大度地揮了揮手，「有的人怕辣，有的人怕不辣。我們要讓人人都愛紅辣椒，全國山河一片紅。」很快，作家們回到家裡，一個月後，每人寫了一堆與紅色、紅辣椒、番茄有關的文章，寫得筋疲力盡，他們把手寫稿獻給講話者，講話者用它們架起了一張長長的辦公桌，開始**工作**（出現84次）。這是否暗示，講話者共有八十四張長長的辦公桌？

群眾和**人民**，講話者很猶豫，這兩者他都極其喜歡。他想起記憶裡那個經典遊戲：騎馬打仗，不論什麼時候想起，都是那麼親切。「衝啊！」跟在他後面的人民個個大喊，「我撞，我撞，還就不信你不倒。」結果有一次，他騎著的那個最高大的孩子踩進了一個坑裡，他們連人帶馬一起摔倒，好一個狗吃屎，一旁圍觀的群眾哈哈大笑起來，唉，群眾就是容易受蒙蔽啊，更何況還有烏合之眾呢。不過，講話者是很有紳士之風的，他慷慨地101次提到群眾，比人民要多15次。這次會議之後不久，各地的群眾代表被召集到公園聚餐，在那裡，講話者告訴群眾，只有穿著海洋的顏色，才會讓他聯想到，他們都是他的人民。而他只為人民服務，站在人民一邊。這麼說吧，藍色卡其布，很快變成偉大藍圖的同義詞。為了得到一套，發生了很多克服艱難險阻、可歌可泣的故事。詩人們心情激動，眼睛濕潤，「藍色，是由人民發明的／它讓人民體驗到／夢想、希望、閃閃發光／藍色，在人民中的存在不可抹除。」

革命，86次。在這個詞條下面所引用的，是一位原北京東交民巷紅都服裝廠、現更名為北京紅都時裝公司的田姓老裁縫口述實錄。

老先生為講話者提供過度身定做服務，因而有得天獨厚的資格回憶整個革命過程。「二十世紀五十年代，服裝的潮流都是由北京來引領的，時尚偶像的角色也不再是電影明星，而是講話者。那年春天，一輛鋪著柔軟天鵝絨的吉斯115停在了廠區裡。講話者走了進來。『我想做件新的中山裝』，他說，『能讓我看起來矮一點兒嗎？我都一米八了，這也太招搖了吧？』但我持不同看法，『中國人太多了，如果您看起來和他們一樣高，他們就會把嘴貼在前一個人的後腦勺上反覆追問，『那個聲音是從哪裡來的？』」

革命是這樣如火如荼地進行的：田師傅特別將中山裝的圓領子改成了新式尖角領，前闊和後背也被拉寬，腰部位置稍稍內收，袖籠也做了提高的處理。結果就是，我們不知道還有誰比講話者看起來更顯得高大偉岸。這場革命被稱為「為了人民的革命」，這種款式的服裝也因此被稱為「人民裝」。

由於這個座談會在一個月裡開了三次，**就是**這個講話者愛用的口頭禪，總共出現了48次。「文藝，所有文藝就是對紅色食物的表達。」「一篇小說就是一道紅色菜譜和一系列標點符號。」

出現了43次的**什麼**全部來自座談會上，一個有著動人聲音的女演員和講話者在台下與臺上之間發生的遠端對話。（鑒於部分對話因聽力障礙等存在完全重複之嫌，此處酌情省略）

「親愛的講話者，我們能為您做點什麼呢？」

「你們想做什麼呢？」

「我，我想您約我去吃晚飯。」

「你說什麼？」講話者問道，應該仍然背對著他們，迷惑不解地看著牆壁。

「今天，請我吃晚飯。」

「什麼？為什麼？你知不知道這樣說是什麼意思？」

「天很快會變黑的，您想做什麼都行……」聲音越來越輕。

「什麼？你說什麼？有什麼就說什麼吧。」

「沒什麼，沒什麼。我剛才是說，什麼時候都行。您有什麼想說的也可以和我說。」

「那，你要是真那麼想的話……」

「什麼，我親愛的講話者？」

「我們可以喝一杯紅蘿蔔酒，做這種酒不費什麼事，是以免緊張什麼的，你懂的。」

女演員熱情得不容置疑，「您就算只給我兩分鐘，早早結束，那也沒什麼，我會掛上毛巾的。您喜歡什麼顏色的？」

「什麼毛巾？沒有窗簾？什麼地兒啊。」

「就是，您看看這個破地方，和我待過的大上海，那可沒法比。」

「這位同志，你終於露出了小資產階級的大尾巴！聽見我說什麼了嗎？你必須很徹底地清算這種影響！」

在出現了42次的**這個**下面，中國當代最頂尖最令人敬畏的思想家們各執己見，吵得不可開交。

「這個是將自我與他我（即外部世界裡正在發生的種種問題、運動、變化）聯繫起來的關係詞，要麼世界組成自我，要麼世界由自我組成。」

「什麼是這個？除了這個我們還能瞭解哪個？這個真的可以被瞭解嗎？我們怎麼能肯定自己真的瞭解這個？」

「這個，既是一種真實存在又缺乏真實本質，既是一種物質又是一種觀念，既是一種有限狀態又包含著無限可能。它在其自身之中又不屬於其自身。」

……

工農兵，40次，關於工人、農民和士兵，講話者風趣地講了四十個關於他們的段子。最經典的一個如下：工農兵對各種收費員對他們的壓榨感到憤慨，於是喊著「萬歲！」的口號上了山。工人打算印上幾千份傳單散發，以表示他們的不滿及要求。為了堅持馬列主義，他們嚴格按照《馬克思恩格斯選集》第二卷第103頁）上所講的「完整的表像蒸發為抽象的規定」，在所有士兵的光脊樑上印上《馬克思恩格斯全集》中關於「所得稅在經濟上唯一的優點就是徵收這種稅國家花費小一些但無產階級並不會從這裡賺到什麼」那一段。農民發現食物短缺得厲害，開始分頭捉拿麻雀、蜘蛛和蚯蚓。士兵全天都在用農民的菜刀練習砍樹。大家為著同一個共同的目標而用不同的方法奮鬥。在吃過農民精心炮製的晚餐後，大家全都昏睡了過去。那些蘑菇和蜘蛛煮在一起非常美味，唯一的副作用就是會讓人昏睡三天三夜。大家醒來後發現，國際人權組織將這次食品安全問題上綱上線到了自殺性維權抗議。收費員們強烈抗議，同時給予工農兵在夜市擺燒烤攤並收費的權利。唯一附加條件是，工農兵有義務每天向城管提供不少於十斤蘑菇好安頓城管家人，以換取他們始終緊跟他們的防自殺政策。

在**解決**這個出現了32次的詞條下面，共有三十二位文學家以各種語調（平穩的舒緩的、昂揚的激動的）講述了他們是如何在講話者的影響下，解決了各自的寫作困境。

「那時我剛寫完一個有關留法女鋼琴家用紡車學紡線的短篇，講話者覺得不錯，不過認為還需要再打磨一下。『什麼時候你能紡出頭等線了，你就能寫得更好。』我照做了，我的手經過艱苦磨礪，紡出了最細的線。我感覺這本身就是中國小說中的名篇，不需要再寫下去了。」

「在我見到講話者之前，我很喜歡寫喜劇，我喜歡讓人開心，逗人大笑。但他告訴我，『眼下，很少有什麼事值得讓人大笑。』見我很細緻地琢磨起了這句話，他大笑起來。我把這大笑看作該出發去鄉下種地的暗示。幾年後，在雙手無數次開裂後，我形成了非常樸實的土豆派文風。」

「我發現我寫的詩歌沒有寓意，講話者只是在應該署名的地方署上他自己的名字，然後把它們當作牆紙分發進每個窯洞。奇跡發生了。每個人都在滔滔不絕地談論它們的寓意。」

……

至於出現了三十次之多的**知識**，文藝工作室所收集的史料完全可以寫上八百頁的懸疑小說。故事的經過是這樣的：當時，講話者正坐在自己的窯洞裡擦拭辦公桌上的黃土面兒，琢磨他的下一次講話該講些什麼，一個曾經當過哲學教授的壁報書寫員輕手輕腳地走了進來。「歡迎你，親愛的同志，我能為你做什麼？」「每天都應該在這個時候出現在壁報上的知識，失蹤了。」「知識，失蹤？」「沒錯，知識，識別萬物實體性質是與不是，社會第一推動力，希望的種子，火把的燃燒者，不見了。壁報，人人都愛看，可要光是些報頭詩歌插圖，畜牧隊養雞排的先進人物，大家肯定扭頭就走，我想請您派幾個人，幫我找到他。」講話者慢慢捲好菸抽了一口，「他長什麼樣？」「我從來沒見過，雖然我相信他無處不在，在空氣裡，在塵土中，在每顆露水上。村裡的老人們都說，只有講話者才明明白白。」「怎麼你說的這些讓我覺得，你是個泛神論者啊？」「唉，誰讓知識就是時間、空間和事件的總和呢？我只有學習您的講話才能堅定信仰啊。」講話者微笑著點了點頭。這事就這麼說定了。

時間證明一切。尋找知識遠非人們想像的那麼容易。一開始，人們把目標鎖定那些一提到他就有哪裡不對勁的傢伙，他們顯得害怕，很害怕，才幾下棍棒，他們就承認，他們見過他，「但他從我這裡搶了四個窩窩頭就跑了，臨走前還威脅我，不許再提起他，否則他會讓我們全家天天都去山溝溝裡推石頭上山，不斷重複、永無止境！」「我正坐那兒給新做的家織布衣服撬邊呢，他來了，端起一碗小米粥就喝了個底朝天，還問我，『你在幹什麼？撬邊？現在就算給你一個支點，你也撬不起地球了。』」

而那些堅定的無神論者則堅信知識從來不存在，「我們都有內部消息，有那些就足夠啦，還要知識幹什麼！」

利己主義者對知識的失蹤完全不感興趣，他們一邊一下一下刨著土豆，一邊頭也不抬地回答：「今天晚上，同志們是想吃蕃茄土豆絲還是涼拌土豆絲？不過新來的炊事員做的醋溜土豆絲特別棒。」

簡而言之，這一過程最終持續了整整三十四年，人們最終發現，他就躲在講話者的灰色中山裝夾層裡。

由於**文藝工作者**這個名詞出現了27次，我們有理由認為，講話者對於文藝工作者共做出了27次巨大的貢獻：

1.把異性的性格壓成紙一樣平，兩性之間的關係就不再令人苦惱，也就不再需要痛苦、絕望等種種複雜情緒，如此一來，人們就能前看後忘，並因此需要大量的文藝作品。

2.不寫性，豐乳肥臀小弟弟，統統可以割下來。如果說文藝工作者總是比別人看得更遠些，那是因為他們變廢為寶，把那些玩意兒都墊在了腳底下，效果等同於站在了侏儒的肩膀上。

3.這樣，再保守的人都不用擔心自己的臉紅得像個蘋果，一不小心就被路過的麻雀啄上一口。

4.每個文藝工作者只能結一次婚，第二次就得去和衣帽架領證兒。這顯然節省下了大量談情說愛的寶貴時間，他們也因此最充分地實現了自我。

5.把已經結了婚的文藝工作者一個往南送，一個往北送，這樣他們就能偶爾品嚐到知識分子式的孤獨。（時隔多年，一位男性文藝工作者發自內心地感慨：「現在這叫什麼社會，到處亂糟糟的！我們那時，每次我對我老婆產生了遙遠的欲望，就通過在鹽鹼地上種棵樹來綠化欲望。年年種樹年年死，那樣的生活才叫純潔。」）

6.如何讓他們記住，一切都是相對而言？萬物都由兩個相反相成的對立面構成？剃光左邊頭髮，留下右邊。如果剃錯，必須從頭再來。

7.言論自由空前開放。家家戶戶安裝廣播喇叭，幾塊錢即能買到，由各地廣播站獨家經銷。城鎮主街道路口也都安裝高音喇叭，線路一致，播送內容完全相同。允許人們跟著廣播鸚鵡學舌。如果能捉到野生鸚鵡，也可以跟著鸚鵡學舌。

8.鼓勵以各種方法一瞬之間體驗終極之美的幻象，生命的最高境界和最終意義。方法包括但不限於服用有毒的螞蟻、和繩子對著幹、把啤酒當成湖啊海的或者反一反、開煤氣卻不點火、用頸動脈磨刀片、自由落體……（有個膽小鬼事後寫了篇懺悔錄，題目就叫〈剩下的只是從視窗跳下去可我沒膽量〉，據說他在他家的窗臺上坐了近十年，「在這裡，你能看到人生，雖然每個人看起來都像螞蟻。」）

9.進入全民禁舞時期。因為跳舞能跳出太多故事，這相當於砸了文藝工作者的飯碗，很有可能將嚴重傷害他們編故事的積極性。（「哪裡有天才，我是把本來會去跳舞的時間都用在了寫作上。這就是我現在受到廣泛尊敬的原因。」——一位著名雜文家聲情並茂地回憶道，「那會兒要是能跳舞，我肯定一直跳到早上，那會讓我得各種冠心病心臟病，至少腿部肌肉會因為過度使用而失去控制。」）

10.把藏起來的敵人找出來。

一個萬眾矚目的作家據此寫下了膾炙人口的〈少女白雪與七個敵人的故事〉。「找出你的敵人，否則他們就會占你的便宜：坐你坐過的凳子，吃你吃過的飯菜，用你用過的筷子，喝你喝過的白開水，看你看過的紅皮書，穿你穿過的衣服，睡你睡過的床。」

一開始，人們覺得這麼大了還玩捉迷藏有點奇怪，不久大家養成習慣：早上起來先在屋子裡警惕地掃視一圈，看是不是有人在偷看自己。不久，很多文藝工作者發現，找出別人作品裡的錯別字，變得非常容易。

11. 用榆樹皮麵做成精緻的麵食，啟發新魔幻現實主義的表達。親自削過榆樹皮的某德藝雙馨老藝術家對其理解頗深：母親不急不躁地和榆樹皮麵，我和弟弟妹妹們坐在那裡分泌唾液，圍著母親做餅的盆，榆樹皮麵令我們的緊張感越來越強。餅出鍋後，最小的妹妹咬了一口，嚼了嚼，故意嚥不下去，這種頑皮的惡作劇被母親用淚水狠狠懲罰了。最終幾頭小豬如願以償吃到了榆樹皮麵湯。榆樹皮麵的味道很具有說教性，如果不用鹽、糖這樣的調味料掩蓋，那麼它天生就是一種……

遺憾的是，伍能坐在馬桶上的時間有限，我無法再找到任何現成的手寫體了，所以不得不就這麼戛然而止。

一種什麼呢？一種零食？餐前小點？伍為什麼會在寫榆樹皮時失蹤呢？還是這種省略係他有意為之？這其中的寓意何在？難道他是想通過令人無法下嚥的榆樹皮暗示人生令他難以忍受？如果真是這樣，那他當初如果寫的是細糠，是不是還能和我一起喝喝啤酒吃吃花生呢？畢竟，用細糠做的餅有點營養，還有一絲甜味。不過也有可能他是想提醒我們，吃什麼都別嚥得太快了，生活可不能那麼囫圇吞棗，那個停下來等一等我們落在後面的靈魂的故事是怎麼說的？又或許，伍注意到了人們在努力咀嚼榆樹皮麵餅時，自然而然發出的一種響亮的聲音，他想以此象徵這個社會並不萬馬齊喑，有一種怪異的咀嚼聲正在振聾發聵。也許我從來都不瞭解伍，他只是想讓我注意到生命的荒謬性……

不過這一切，本身倒是很符合象徵這個詞。據維琪百科說，它源於希臘文Symbolon，在希臘文中的原意是指信物：一塊木板（或一種陶器）分成兩半，主客雙方各執其一，再次見面時拼成一塊，以示友愛。

其實我還是不能很肯定，他的小說到底是在說什麼，雖然我充滿感情，花了幾小時把它們打出來……他本可以寫上這樣一篇：如果失蹤突然發生在你身上，你該怎樣做？

伍的筆記小說發表後不久，來自媒體的評論蜂擁而至。這個不到六千字的短篇共為伍贏得如下幾項殊榮：年度最具爭議作品並入選《最新爭議小說選（短篇卷）》；年度優秀諷刺作家；《南方週末》的評價則是——一位真正富有個性的作家。他們用了整版篇幅討論小說的面具性。自然，他們採訪了我，主要採訪了我。

我告訴他們伍的一些細節，諸如：

伍喜歡看喜劇，不喜歡看悲劇。在家寫作時，寧可一絲不掛也不捨得開空調。經常掉硬幣。每次都會和我討論到死亡，每次都用同樣一句話結束我們的討論：想到死亡，一切都是可笑的。

在那篇報導的最後，記者飽含深情地寫道：伍是真正意義上有個性的自由人。他的父母早早去世，他從未談過戀愛，因此沒有任何家庭羈絆。而他的失蹤本身超越了死亡，成為了一種獨立的暗物質。

陸

終有盡頭的鐵路線將把我從上海一直帶向北京。這次旅途的目的，是去見一個女人，讓我們簡單把她叫做陸吧。

陸一定早就策劃好這件事了，只是，為什麼選擇了我……當然，我接到的指示挺簡單，「你就在旁邊看看」，她說。但我看到的……我怎麼能想到，我會看到一件行為藝術作品呢？一開始，我可一點都沒覺察。而那個下午勁吹的海風，似乎也很遙遠了。是的，我和陸在海邊認識。海，真是大自然的奇蹟之一，它太符合性生活的規律，在海邊，你就會變得迷迷糊糊，像是身處一場長長的性愛，浪濤洶湧，像你壓在身下的那些起伏，久久不息。

那一次，我是趁著開會間隙溜出會場的。一個人漫無目的走在海灘上，也許因為是深秋時節，整個海灘一片荒涼，只有她。她那次穿了一雙人字拖，短褲，寬大的灰色T恤。她坐在那裡，雙膝併攏在一起，低著頭，右手在沙上劃寫著什麼，背影線條有那麼點誘人。我本能地停下腳步，遲疑了一會兒，這時她朝我轉過身來，抬起眼睛。那眼睛黑的，那道正盯著我的，有點兒好鬥的光芒。我心裡突然起了一陣慌亂。情不自禁在她不遠處坐了下來，情不自禁去看她的臉。她看了一眼我胸前晃蕩著的會議胸卡，「全國青年評論家評論研討會。這次是關於什麼？」

「『我們有真正的作家嗎？』」

「結論呢？」

「作家們自身的靈魂深處正在爆發著裂變，真正的作家必然是激情燃燒的，充滿生命人格的，但他們也需要一個健康的文化環境。」

「這還需要開會？」她的臉上仍然沒有什麼表情，就連她的嗓音也非常中性，但這絲毫無損她的美。她的美，不需要任何微笑強調。

「這次研討會規格高，出場費多，這個海濱城市我之前從沒來過。」我故意用一種滿不在乎的語氣回答道，「那麼你呢？你在這裡做什麼呢？」

「我在思考。」

這個回答讓我有點兒驚訝，但我和她一樣，不露聲色。「那你都思考些什麼呢？」

她卻突然從沙地上爬了起來，「去我住的地方吧。」

這是一次比我以為的長得多的步行。我跟著她先是向前，一直走到大路上，經過了我暫住的那家酒店，然後左拐右拐。一路上，我們靜靜走著，她在我前面，邁開不小的步子，那兩截又長又白的小腿非常引人注目。我從沒看到過，穿人字拖還能走出這樣瀟灑的步子。於是，這段不短的路程變得很愉快。

最後，在月亮與太陽共同倒掛時，在橘紅色的天空下，我們進入了一家快捷酒店。

「我最喜歡這樣的連鎖酒店。店面一樣，設施一樣，每個城市的房間都一樣。」

「你喜歡重複？」

「重複本身既創造記憶，又抹殺記憶。」

長時間步行使她的頭髮散漫地鋪開，她把它們撥弄到了一側，在床邊坐了下來。她的頭微微低垂，好像她又在思考什麼了。坐姿使她那兩條白白的大腿在我眼前，變得越來越寬，幾乎占據了我整對視網膜。什麼東西一旦變大，變得廣闊無窮，你就不能再看透它了。那兩條白白的腿。於是，她越是寧靜地坐在那兒，我就越是不耐煩起來。我發現自己在等著她，等著她和我說點兒什麼。她說了。

「桌子抽屜裡，有一支鋼筆，一頁小說原文，一張用來抄寫的稿紙，兩張格式樣。請你依照格式樣，用鋼筆按原文位置橫排書寫，抄後請留下你的簽名。為了感謝你的墨寶，」她仰起腦袋，上身微微向後傾，灰色T恤慢慢被拉高，小小的腰，小小的胸脯，現在已經暴露無遺，「現在，我該去沖個澡了。」她是柔和地說完這些的，也許是房間裡不算明亮的頂燈使她如此。

我在書桌前的那把扶手椅上坐下，在桌子抽屜裡，確實有那些東西。我把它們拿了出來，關上抽屜，把扶手椅靠桌子拉了拉，然後拿起那張稿紙。有人已經用圓珠筆畫好了方格。這件事有點有趣了。為什麼要抄呢？這只能瞎猜猜。某種前戲？這總比要求我自己寫自己省事。抄寫是不露面的，不代表任何意見，不暴露自己，不是嗎？我開始抄寫，不帶任何情緒地，儘量寫得工整，並且注意，不寫錯一個字。

第三幅乃迷鳥歸林。

跋雲：女子倚眠鏽床之上，雙足朝天，以兩手扳住男人兩股往下直舂。似乎佳竟已入，能恐複迷，雨下正在用工之時，精神勃勃。真有筆飛墨舞之妙也。

第四幅乃餓馬奔槽。

跋雲：女子正眠榻上，兩手纏抱男子，有如束縛之形。男子以肩取他雙足，玉麈盡入陰中，不得纖毫餘地。此時男子婦人俱在將丟未丟之時，眼半閉而尚睜，舌將吞而複吐，兩種面目一樣神情。

一百七十個字。我勃起了。她就在這時從浴室中走出，用一塊大毛巾繞著身體，在鎖骨下面收緊，掖出一個小小的隆起。長長的頭髮扭曲在肩膀上，像一道道波紋。她在床上跪坐了下來，抬起兩條胳膊，將雙手放在了腦袋後面。那塊毛巾掉了下來。這真是一個無比夢幻的姿勢。與此同時，她的雙腿在一點點地張開。

其實她的腰有點兒粗，她的屁股也略為扁平了一點，不過一切都柔柔軟軟的。總的來說，是個還可以的女人身體。但我超常發揮了。她看起來有點昏昏沉沉。儘管我也很疲勞，我還是決定去浴室沖個澡。我知道水龍頭裡的水不能直接飲用，但我還是接了一杯水，一口氣喝光了。腦子清醒了一點。在把自己的衣服掛上衣帽架的時候，我看見了她的手提包，一個結結實實的大黑皮包。包裡都有些什麼呢？一疊整整齊齊、寫滿了字的稿紙。這是出於什麼目的呢？但是突然，我感到筋疲力盡，幹了將近一個小時後，我什麼都不打算幹了。我連看看那些簽名，這樣簡單的事都懶得去做了。這個晚上，我睡得又沉又香。

第二天我醒來的時候，花了幾分鐘才算弄明白，自己是在什麼地方，睡了多久，都幹過些什麼。天色還很早，我看了看錶，八點不到，但陸已經不在了。書桌上一張紙都沒了。我隨手拉開抽屜，裡面只有酒店的便簽夾，信紙上面有一行纖細的筆跡，是陸的MSN地址。

我輕鬆愉快地打的回了會議主辦方為我提供的四星級酒店房間。就像真的在度假。會議還將持續兩天。那天下午，差不多同樣的時間，我再次向海邊走去。沙地高低不平，灰濛濛的海面看起來渾渾噩噩。沒有了陸，景色也變得平庸。我百無聊賴地晃回會議室，發現空氣裡煙味難聞，沒待多久就雙眼乾痛，人們吵吵鬧鬧也令人心煩。

列車的準點到達使我從那些碎片式反覆閃回的記憶中擺脫了出來。時隔大半年，我還是一眼認出了陸。儘管我們每天在網上聊天，就像一對真正的戀人，而這次北京之行也是應了她的邀請，陸看見我時的表情仍然無動於衷。她並沒有和我擁抱、親吻，只是靠近我，輕輕問我：「一路順利嗎？沒什麼問題吧？」

我們坐上她那輛豐田考斯特20座麵包車，她不時地指著什麼，介紹上幾句。七拐八彎，左轉右轉，經過一些街區，幾片工地，麵包車在一座中式建築前停了下來。

五月二十二日，最低溫度20最高溫度27，天氣現象陰，風力<3，黃昏。

我們走進色調幽暗的大堂，發現除了我們之外，客人寥寥無幾。和其他賓館相比，這裡格外冷清。「地方挺大，就是有點兒陰……」我身後的一位指著一角的一盞琉璃燈說道。大堂裡的燈確實只開了幾處。

這時，一個矮小的男人夾著一只公事包從電梯中走了出來。他看起來很眼熟，我偷偷盯著他看了好幾眼，想要努力認出他來。有人在我身旁壓低聲音嘟囔道：是那個某某某嗎？那聲音很快又重複了一遍：對，就是那個管出版的某某某。男人遲遲疑疑地走到了出口處，他將右手按在了那扇沉重的雕著花草圖案的木頭門上，身子微微朝前傾，似乎在用力，但他的人和門一樣，紋絲不動。

手續就在這時辦完了。陸向我們歪歪頭，輕聲招呼我們進電梯。男人就在這時垂下手，往回走來，他看上去筋疲力盡，走路的步伐軟弱無力，似乎天正在塌下來。

那個晚上及其隨之而來的白天，不到十七小時，事後卻一再在我腦海浮現。

那個晚上，我是和陸一起過的。我們在一個傢俱明顯偏多的房間裡，像在網上一樣，隨意地聊起了天，但主要是她一個人在說，一年來，她第一次談起了她自己，和我說了說她的成長經歷。其實有很多事情我都想知道，比如她做過些什麼？去過哪裡？但我沒問過她。

一開始，我坐在一把很硬的仿明式扶手椅上，陸則抱著膝蓋坐在床上。在調整到一個讓她看起來格外乖巧的姿勢後，她開口問道：「你聽說過某某某嗎？」

「當然。」我回答道。某某某是個八〇年代初即已成名的第三代詩人，他的名字曾經紅極一時，近來早已被人遺忘。

「他是我父親。」

她在雲南邊地，一條人跡罕至、陰鬱僻靜的深巷盡頭，一個喚作三十八號院的納西木樓中長大。「母親對我來說比較陌生，父親那種不時被人請去喝茶的生活，並不適合一個苗條瘦弱的漂亮女人。父親是個大高個，眼睛細長，戴副眼鏡，光頭絡腮，衣衫落拓……那個年代典型的知識分子模樣。他平時話很少，臉上總是掛著尖刻憂鬱的笑。我記得他總是有黑眼圈。瘦骨嶙峋的大手拿一管長蕭，吹到最細弱時嗚嗚如哭。

「有一次他生病，高燒了好幾天，我坐在床旁邊的椅子上，看著他燒得滿臉通紅，身體因為高燒和寒冷顫抖著，翻來覆去。我抱來我的那床被子壓住他，把濕毛巾放在他的前額上，有一個瞬間，他轉過頭來，喘著粗氣，抽搐著，一臉的恐懼和疲憊。我推他，喊他爸爸，他睜開眼，發現是我，就說只是做了個噩夢。夢見自己在一座陰森的山裡，周圍全是黑幽幽的冷冷的眼，他被狼蟲虎豹包圍，必須奮力往上爬，而爬到山頂，眼前是一座更高的山……

「他出門見朋友時總是帶上我，我總是嚮往地聽他們講起自己的經歷。其中有一個二十來歲的年輕姑娘，說起她剛剛開過的兩槍。大年三十那天上午，她在中國美術館，朝著自己的裝置作品〈對話〉連開了兩槍。她黑色的頭髮長長的，面無血色，蒼白的雙手纖細小巧，說話時緊緊絞在一起。那天夜裡，我們從那位朋友家出來，頭髮上衣服上瀰漫著煙霧的味道。穿過靜寂無人的古城街道時，他向我描述了那次藝術大展，『美術館前的廣場上到處是不許掉頭的標識，美術館裡有人現場孵蛋，現場洗腳，現場賣對蝦……』最後他微笑著說，『那些都是行為藝術，有著詩意的力量。』

「他三十一歲時，因為創作、朗誦、錄製了一首詩，消失了四年。現在我腦子裡亂哄哄的，都是一些零碎的脆弱的回憶……他總是隨身帶著一本筆記本和一支鋼筆。在我懂事以後，每次寫完一首詩，他會背給我聽，像是急於告訴我什麼似的。他背詩的時候眼睛不看我，只看著天花板。『你要朝向海，永遠別回頭。沙啞的海，情侶的海，被玻璃渣子刺傷喉管的海。它祈禱著，喘息著，扭動著，從肺裡嗆出魚，嗆出嵌滿鱗甲的血。你要住進去，在水和魚中間，讓你的聲帶變形。』每次聽他背誦詩歌，我都有種莫名的感覺，我記得他的聲音，宏亮而焦慮，和我平時聽到的懶洋洋的聲音截然不同。『我說你別接近這些詩歌，這些石頭、太陽和水，這些臆造的天堂，我說你要管住那雙怯弱的手。』他稍作停頓，壓低聲音說，『你明白了嗎？』但他並不等我點頭，歎口氣站起身來，丟下我，回到他的書桌前。有一次他寫了一首五百行的長詩，他滔滔不絕地背著，嗓音沙啞，到最後都有些失真了。

「吹簫時他常常中氣斷續，他告訴我，身上有那四年的記憶。那一年，我才剛考進中央美院，有一天，他來學校和我告別，鴨舌帽下的臉有點蒼白，『我打算走了，去一個遙遠的地方。』他帶著古怪的神情說道。『那裡是哪裡？很遠嗎？』他皺了皺眉頭，『誰知道呢……這世界是一座窄窄的橋，不要害怕，會過去的。』他的聲音緩慢而含混，還有點兒猶豫。後來我才知道，他是從雲南河口偷渡出的境，一個人穿過酷熱的越南。我想他一定走了很久，走到腳變髒，磨出血泡，血泡裡的膿血弄濕襪子。他後來在河內登機，輾轉華沙，最後到了柏林。那時他應該不想讓我知道這些。

「『你今年十九歲了，自個兒當心身體』，他說，看我的眼神出奇溫柔。『知道啦——』我拖長了聲調，那時我剛失戀，有點兒心不在焉，也有點兒不耐煩。他皺一皺眉，同時笑了笑。有幾秒鐘，我們一言不發。『好了，我走了……你會長大，我會消失，而時間，它真的到了。』這是那天他對我說的最後一句話，像句詩一樣……他走時背影停頓一下，站住點一支菸後，就從我生活中消失了。我記得那天我圍了條有流蘇的長絲巾，我轉身時它掉了下來，我把它往脖子後一甩，就沿著小徑往回走去。這些好像都很久遠了，像天亮前做過的一個夢。

「日子過得多快啊，今年我二十八歲了，我也沒有以前美麗、苗條。以前，和他一起生活的時候，我像一個男孩子，皮膚被太陽曬得黑黑的。每天黃昏，我們散步。那些他在燈下看書，寫文章的夜晚。他常常在夜裡寫長長的詩歌，好像只需要很少的睡眠。擁擠的朋友家，濃郁的煙和酒的味道充斥了整個房間，十幾只杯子，幾十只空瓶子，盛滿菸頭的大碗。每次去朋友家玩，都要待到午夜時分，我們才回自己家。那開門出來，第一口吸入的夜的氣息，多麼清涼啊。我們在石子路上走著，偶爾會有狗發出低低的叫聲，跟著我們走上一會兒，之後就掉頭走開了。回到家後，他會坐在黑暗裡繼續喝酒，或者坐在院子裡吹簫，吹到天亮，而我睡著了。

「後來我一個人回去過一次。那個院子是他租的，新的主人把它改成了客棧，是一對夫妻，他們對我很客氣，允許我走進去，到處參觀。我遊蕩在那些因為間隔變得逼仄的房間裡，空氣裡是剛剛刷過的油漆味。我夢到過幾次小院，但每一次，都在我還沒有看夠的時候，畫面就往後退去，哪怕我趕緊再閉上眼，也無法再次捕捉到它。夢開始的時候，我就站在那院子前面，院門開著，院子裡空蕩蕩的，一個人也沒有，地上扔著一些風不時吹起的舊報紙。也許這就是我父親不得不拋下它，離開它時候的樣子。

「在夢裡，我一次都沒有見到過他。他現在在哪裡，做些什麼，我一點兒都不知道。我以為自己早就忘記他的臉，時間過了太久，可是現在，他的樣子又在我眼前漸漸成形……我現在只想在他遙遠的注視下，在公眾面前，完成自己的這部作品。能看到的人，越多越好……」她帶著一絲憂鬱的驕傲看著我，眼裡閃著兩小簇火，「那個時刻，你會看見的。」

陸說到這裡朝我做了個慵懶的手勢，然後把我拉向她，「來吧，把我弄累，我需要什麼都不想，好好睡上一覺。」

床單被滾過幾個來回之後，沒有更多的甜言蜜語、胡言亂語，我們睡著了。

就這樣，在我們緊緊閉上雙眼，在沉沉睡夢中起起伏伏時，五月二十三日來了。

五月二十三日，最低溫度17最高溫度27，天氣現象多雲，風力∨3。

在手機鬧鈴響起之前我就醒了。賓館的那床白被子把我焐得滿頭大汗，迷迷糊糊的。我在床上坐了起來，發現陸全裸著，她抱著膝蓋坐在一邊。淩亂不堪的頭髮讓她看起來像是一個小姑娘，或者少女。

「你這樣在做什麼呢？」

「我在思考。」

這個回答和上次一樣，可我的頭腦還一片空白呢，我都有點不知道，自己究竟是在什麼地方。

「沉思是有益的……那你在思考些什麼呢？」

「時間，重複，同樣的數字……」

「我好像看到過一種說法，說是如果聽到相同的歌一再重複，或經常看到同樣的數位順序，比如你每次看時間，都看到1:11或11:11，說明是天使在盡他們所能地引起你注意，在給你徵兆。」

「好徵兆還是壞徵兆？」

「那你就得去問天使了。」

陸把腿垂到了地上，她走到穿衣鏡前，仔細打量起自己來。赤裸的兩條腿光滑、筆直。照鏡子似乎有著某種傳染性，我也下了床。剛站起身，就覺得雙腿又酸又軟。我湊到她背後，打量起自己。我們倆的臉都有些憔悴，神情都有些茫然。這時，陸突然原地向上跳了幾次。這幾跳讓她重新找回了青春活力。只見她跳上床，大跨一步，跳下床，就來到了掩得嚴嚴實實的暗紅色落地窗簾前。她雙手一使勁，左手向左，右手向右，只聽重合的清脆的兩聲「嚓——」，布簾從長條上刷地滑開去。一瞬間我甚至以為，會有一個舞臺呈現在我面前。但是，在這沉重的幕布後面，是最外面那層白紗窗簾，窗簾外面，太陽已經升起，天色已亮。

陸站在窗前，一動不動，她赤裸的背影，在我記憶中留下了動人和溫柔的印象。但在當時，我卻突然想起了夜裡，她瘋狂扭動的身子。她迎合著我，像波浪一樣。甚至在我已經疲軟、遲鈍，幾乎就要脫落出來時，又重新上下動彈起來。她想通過那玩意兒得到什麼呢？就像一個即將被押上刑場的女囚徒，仍在無畏地挺起上身，向上一聳一聳，甚至還往後仰去，希望在黑黑的車廂裡，用自己的腦袋，往那幾乎看不見的高處，頂出一個窟窿來。

她開始穿絲襪，往上用力拉，抹平褶皺，接著是胸罩，連衣裙。隨著她身上被遮蓋的部位越來越多，她看起來也越來越有活力。在她開始整理起她那個大黑皮包的時候，我下樓去餐廳吃早餐。餐廳裡總有二三十人，大家吃著喝著，沒有人說話，看起來卻都有點兒心慌意亂。昨天在我背後說話的那位，見到我時扯了扯嘴角，低聲說，「你也被拍到了？」我還沒來得及回答，他那雙憔悴的眼睛就轉向了別處。「我和我老婆結婚已經三十年了，」他終於盛好了一碗皮蛋瘦肉粥，「我真怕什麼都完了……」他沒有再說什麼，只是轉過身去，另一隻空著的手無力地在一旁甩著。

我吃了好幾片麵包，塗了厚厚的果醬，卻吃不出什麼滋味來。之所以動身從上海來北京，是因為在此一周前，我接到了陸的電話。我驚訝而驚喜，因為在分開大半年的時間裡，她從沒給我打過電話。她通常只和我在網上聯絡。電話裡她的聲音尤其低沉，讓我走神想起了她叫床時的聲音。那聲音讓我興奮。讓我想到她在我上面時，那雙時開時閉的眼睛，每一次她狂野地向下坐去，那雙眼睛就會閉緊，閉住兩團火。我那時不知道，她在和我說她的計畫呢。「告訴他們，每個人都將收到這輩子最大的一個紅包。」她說道。「我想你了。」我說。「你說什麼？」她的聲音聽起來有點煩躁，我就沒有再說下去，一時我也找不到合適的字眼來表達我對她身體的想念。她交代我做的事情一一辦完後，我打電話給她，這一次，她的聲音明顯充滿了激情，甚至還有點兒顫抖，我自己則因為馬上就能見到她了而躁動不安。她催促我馬上帶人動身。我希望在她的話裡找到隱含的熱情的愛意，然而，也許並沒有……

這時，陸走進餐廳找我。一條藍色緊身連衣裙，一雙黑色露趾高跟長靴。腰裡束的皮帶和咖啡色小尖領讓她看起來瀟灑極了。她在我身邊坐下，整個人向椅背上仰去，心不在焉地用手指輕輕敲擊著桌子。我等她開口，但她始終緘默不語。最後還是我忍不住了，小聲說道，「你沒有話要對我說了嗎？」

「沒有。」

「我們還會再見面嗎？」

她歎了口氣，拿起我的杯子喝了口橙汁，「我不知道……我們怎麼能知道以後呢？」說這話時，她的左手輕輕抬起，撫過我的頭頂，將我的頭髮溫柔地順了一下。「這些人，」她環顧了一下說道，「估計，我是最後一次見到他們了吧……他們將要完成的事，是多麼有意義啊。」一本正經說完這句話，她站了起來。

在她去拿吃的東西時，有一瞬間我幻想，讓她的高跟鞋把她絆倒吧，讓她躺著不能動彈，讓她不得不丟下我們這一群人，然後，我和她可以安靜地過過兩人生活，直到其中一個產生厭倦。但是她端著盤子回來了，挺著小腰板，有點昂首闊步的味道……現在，我一邊寫下這些，一邊回憶，我只想回憶起每一個細節，這總比無所事事地等著陸哪天再次出現要好……

北京的五月，略有寒意。匆匆吃完早餐的人們一個接一個地登上麵包車。一共兩輛，一前一後地離開。陸坐在我這輛上。她提前下的車，下車前，她轉身看向我，一道光照在她的右睫毛上，她眯起眼睛，臉上露出一絲微笑，讓人難以察覺的微笑。

早上十點，廣場上有人，廣場前有車。叫嚷聲、笑鬧聲、說話聲，陌生的面孔、方言，很多人來這裡拍照。我走進去，混在人群之中。我帶去的那些享受政府特殊津貼的大學教授們，和另一群人站在了一起。他們一個緊挨著另一個站著，雙腳有點伸開，他們個個抿緊了嘴，耷拉下了嘴角，缺乏血色的面孔左顧右盼，露出緊張的表情。這支奇怪的隊伍晃動了一會兒，但晃動得很慢。漸漸的，他們的注意力集中在了自己手裡，好像只有聚精會神地盯著自己右手裡的毛筆，左手裡的礦泉水瓶，才能使自己不晃動著倒下。第一個人蹲下時，他身邊的人自動讓開了一點，他們個個盯著他的頭頂，彷彿那裡聚集著所有的引力。

在另一群人裡，我認出了那個矮小的男人，他看起來不知所措，咳嗽了好幾次。當他蹲下身子，拿出那支毛筆，把它伸進礦泉水瓶裡蘸水時，我發現他的一雙手也是細細小小。他的身旁則站著一個又高又胖的傢伙，有著粗大的脖子和碩大的臉，看起來更像個當官的。也許是因為胖的緣故，這一位，行動起來格外慢。別人已經寫下兩個毛筆字，他才呼哧呼哧地，剛剛彎下腰。還有一位，快六十了，身材微胖，中等個頭，脖子粗短，他在寫字時，嘴唇抽動個不停，看起來既傲慢又焦慮。也許是因為他臉上的鷹鉤鼻繃得太緊了，看起來更像是一隻狡猾的鳥。

我看見陽光灑在廣場上，陽光在他們臉上遊移。那些字，有的真是剛勁有力，可見行筆人的功底。水在水泥地上呈現出灰黑色，有幾筆，在陽光下反射出了光暈。我像他們一樣蹲了下去，不由自主地，我觸摸起面前的水泥地，涼氣從指尖升起。

腳步聲紛至遝來，一群人趕來，把人群分開，所以這一切很快結束，前後不到十分鐘。我佇立原地，看著地上的自由、平等、良心、理性等等字跡，越來越變得暗淡，它們以一種幾乎覺察不出的均等速度，漸漸隱沒。頂多有一撇或者一捺，稍稍還留著點尾巴。很快我被驅趕，在人流裡我偷偷仰起頭，在千米之外、三十米高的一扇窗前，陸收好那台ＳＯＮＹ，向我探出頭來，接著她就不見了。這是我最後一次見到她。我感覺太陽穴突突跳個不停，胸悶，右耳聽到自己的心跳聲，咚咚咚。

我帶去的那些人，他們不再瞧我一眼，也不跟我說一句話。我一個人在大街上游遊蕩蕩，胡亂猜測。陸不在身邊，實在不知道該在這個陌生城市做什麼好。我東看看，西望望，彷彿這樣一來，自己就可以在不經意之間，重新找出陸。這城市正在轉向夏天。而夏天的陽光，和春天的是不同的。到處都是光，窗子上閃著金光，寫字樓的表面閃著白光。明亮，強烈，使空氣顯得緊張。幸好高樓不少，我就在陽光和陰影的交替中往前走著，陽光隔幾分鐘就在我的身上閃爍一次，它擦痛了我，就像陸發熱的皮膚。有人從地鐵站爬出來，有人從公共汽車上跨下來，有人從計程車裡鑽出來，他們的雙腳一旦全落在地面上，就變得匆匆忙忙。他們的臉上都沒有表情。他們很少兩手空空，大部分都提著挎著至少一隻包。他們全都不知道，就在剛才，在廣場上，發生過什麼。

中午退房前我回到賓館，發現陸用過的那支手機被扔進了垃圾桶。除此之外，一切都顯得很正常。我拿上自己的行李，走出去，門在身後關上時我想，最好還是待回我的電腦前，靜等陸再次上線。安靜，灰色……陸沒有給我絲毫驚喜……

她消失得這麼容易，好像我倆根本沒有一起做過什麼，她說過的那些都好像是我自己的夢話。我被如此粗心地拋在腦後，這讓我對自己有點兒失望。於是幾個月後，我又故地重返，那次我孤身一人。

憑著記憶，我找到了那裡，那是一棟寫字樓，人們進進出出，很容易。為了進入狀態，我也帶了一台SONY，和陸用過的那台一樣。到了那一層，我發現陸選擇的是一個殘疾人專用衛生間。我不知道那一層有哪家公司會雇用殘疾人。推開那扇門，我走進去，發現它乾淨極了，只有一個嶄新的坐便器，看起來很舒適。陸選擇這裡真是明智。我推開窗，默默地看了一會兒遠處的廣場。在這個高度，在很多人的腦袋上方，廣場，成了一個純粹抽象的詞語。

我也去了同一家賓館，指定了同樣的房間。我在房間裡遊蕩，於是，陸的形象又回來了。為了不讓自己總想著她，我用電話申請了一項特殊服務。稍稍晚些時候，一個和陸完全不同的女人出現在我面前。豐滿卻沒那麼年輕，還很容易出汗，但她確實恪盡職守。我都不記得是怎麼付了錢並給她開的門了。她一走，我就倒在了床上，死死地睡了過去。

二〇一二年六月初，一段名為「三十官員公知手抄宣言」的視頻開始在網上瘋傳。從上傳到被刪除，僅僅十五分鐘時間內，該視頻已被轉發無數次。

在沒點開看以前，我就知道它會是什麼了。

陸應該是這一行為的負責人，我沒弄清她是怎麼要求那些官員的。也許和跟我來的那些一樣，只是因為床上的裸照在她手裡。她曾在MSN上議論過一次，「中國的性工作者大部分溫柔順從，但她們卻能做最反叛的事。」她一定很愛那種感覺。將別人的雞雞變相握在自己手裡，就像抓住一隻活生生的小鳥，再伸手讓那人猜，是死是活。想到這裡，她那明亮的眼睛又在我眼前清晰地突顯出來。同樣異常清晰的，還有我們最後過夜的那間房間。厚厚的地毯被她赤腳走過，臨出發前她在那上面踱來踱去；洗臉池上方的大鏡子裡，映照過我興奮不安的臉；我記得我打開過窗子，發現窗外是條雙向十二車道的大街，那條大街寬得如此空蕩蕩，沒有人，只有車，還有這裡那裡，亮著的萬家燈火。

懷著找出自己的興趣，我心煩意亂地看完了這段時長五分十九秒的視頻。沒有我。陸小心地剪掉了某些畫面。這是不是意味著什麼……

二〇一二年十月九日，在香港蘇富比秋季拍賣會上，一個名為《手抄》的錄影作品以二百三十一萬元賣出。

這之後的每一天，我都等著，等著一本名為《肉蒲團百位文學評論家手抄珍藏紀念冊》的問世。我深信，在這部著名的章回體豔情小說問世幾百年之際，將被某出版社隆重推出，這一切，陸肯定早就策劃好了。

二〇一四年十月三十一日，MSN messenger在中國的最後一天。微博微信上，朋友們用各種段子緬懷ＭＳＮ在中國曾經的美好時光。我在十一月一日嘗試登錄ＭＳＮ，能上去，但上面的五百多好友列表，無一點亮。

直到現在，陸仍是離線狀態。

柒

我站在安檢口，久久地凝視著安檢通道。在那兒，柒順利地通過，她抬起頭看了看，我想她是在找自己的登機口。然後她回過身來，亭亭地站在那兒，朝我笑了笑。我忘記自己有沒有笑了。

「有機會的話，請您替我向他們道歉。」這是柒走進安檢門前，對我說的最後一句話。

這個纖細美麗的女人，有著一頭淡金色的鬈髮，她喜歡把頭髮全部往後梳，用幾個黑色的卡子別在耳後，露出光滑的額頭。在我教過的留學生中，惟有柒，似乎給系裡所有的老師學生，都留下深刻的印象。在中國待了十年之後，她將坐十二小時飛機，回到法蘭克福的土地上。

再也看不見她身影後，我走出機場，坐上了回家的機場大巴。

已經晚上十點多了，城市開始寂靜。同車的人昏昏沉沉，打起了瞌睡，我卻想起了柒。今天她穿著白襯衫，黑褲子，肩膀上搭了一件灰色的外套，還繫了條黑底白點的圍巾。她遞給我一個封了口的信封，「我親愛的教授，答應我，回去再打開。」

自從她畢業，我們有幾年沒見。和在校時相比，她更瘦了，也更蒼白，鼻樑上多了一副眼鏡，讓她看起來多了幾分學究氣。我記得做學生時的她總是戴頂帽子，目光在帽檐下來回搜尋，對老師禮貌，對同學疏遠。交上來的寫作作業，字裡行間滿是深思熟慮的疑問句反問句，字卻寫得一個個又圓又小。

有天上課，我無意中說起有個小小的詩歌朗誦會將在我家舉行，下課後，在食堂吃午飯時，柒找到了我。她問我，可不可以和我一塊兒進餐。我總坐在窗邊最後一排，那是我習慣坐的位置。此後大概有一年時間，我們吃完就開始討論她帶來的列印在Ａ４紙上的詩歌。一場接一場嚴肅的文學討論。我得承認，有時那些詩，弄得我相當疲勞，而柒常常會莫名其妙地曲解它們。好像她是在試圖瞭解詩人，進而好去改造他們筆下的世界。她拆散一些詞語，重新分行，再把它們按動詞名詞組織起來，在紙上寫下它們的種種組合。我問過她，這是在做什麼？她解釋，這是她學習寫詩的方式。「不同的組合，有可能產生奇跡。一行詩，有時有某種音樂，有時有某種形象。」好吧，我是沒有這種體驗，但我也沒見她變出什麼像樣的詩歌。在她思考、排列、組合那些詞語時，我就看看她修長的手指，在我看來，那些手指本身秀氣得不可思議，如果她願意，將她一雙手擱在一張空白A4紙上，我相信它們本身就是一首可愛的小詩。

我將在這篇回憶文章的結尾，給你們舉個小小的例子。我會選一首還不算太複雜的，所有的解讀都將是柒寫下的評注原文，這肯定會滿足最最喜歡閱讀障礙的讀者……

那天深夜，我打開了柒留給我的信封。那是一大段有點跳躍的自白……

第一次約一位有點兒名氣的作家M見面，我還有點緊張。我特意選了一件黑西裝。我們握了握手後走進他選定的咖啡館，我為自己選擇了一個背光的位置，這樣，他的臉正對著窗戶裡透過的光線。飛快地點完東西，把服務員打發走，我用嚴肅的口吻說：「請叫我柒，我為德國漢斯出版社工作。這家出版社規模不太大，主要出版亞洲、非洲、拉丁美洲的文學書。但由於我是學習漢語的，所以我更偏好中國文學。』說著，我拿起資料夾翻了翻，從裡面抽出一張紙，『這些是我們感興趣的作家，您對他們瞭解嗎？』」

我稍稍向後仰，靠在椅背上，審視著這個七〇後作家。他有著一雙狹長的眼睛，我注意到他的白襯衣領子特別乾淨，白得像是新買來的。他的手指不停地敲打著那些名字。他在想些什麼呢？他終於停止了敲打，抬起眼睛，用毫無感情的語氣說道：

「這些人寫得很一般。」

他提高音量，叫來服務員，問她借了一支圓珠筆，在那張紙上，他鄭重寫下莫言、余華、蘇童、王安憶的名字。

我接過他的筆，在那些名字前畫了一個小叉，「他們都是著名作家，德國其他一些出版社已經買了他們的圖書版權。我們想要其他作家。」

「其他作家，」他重複道，「其他作家……你們，西方的出版社和媒體，對我們中國作家作品的關注，從來不會從純文學的角度去解讀。很多時候，你們考慮的只是題材。哪部小說在中國被批判了，你們就搶著翻譯出版；哪本被禁了，你們就買哪本版權。」

我覺察出他語氣裡的譏諷。「是的，一種文化要被另一種文化接受，其實是非常困難的。像莫言的長篇章回體小說《生死疲勞》，裡面講的輪迴故事，德國讀者就很難接受，因為基督徒是不信輪迴的；但是《蛙》就不一樣了，我們對中國的計劃生育特別不理解，但也知道這是中國一個很敏感的政策，所以都比較感興趣。」

「你們想要的，無非是批判中國社會現實的……我最近正在寫一個關於中國出版審查制度的小說。我和他們不一樣，」他又輕輕地敲了敲那張紙，「我反對那種對作家思想狀態的控制。我們不可能一直都是某種思想的囚徒，文學會改變這一現狀的。」

……

這份工作真是簡單。在人們想知道，某個作家，心裡在想些什麼時，我就會去接近他。我只要聽他說話，有時問上幾個問題就可以。

「我的小說在中國很難出版。我最新的作品是一本直面中國人民在上世紀五十年代末的大躍進以及隨之而來的饑荒中所受創痛的小說，被近二十家出版社退稿。拒絕的理由幾乎是一致的：誰敢在中國出版我的書，誰就將被關掉。我寫的東西是太黑暗了，但我想讓它們被看見。」Y，更像是一個身材臃腫的老農民，他說這番話時，從窗戶上透進來的側光照亮了他的半邊臉，「看看我們身邊，就在我們身邊，那麼多的人都把食物和錢置於尊嚴之上……不如我們一起做一個行為藝術作品吧？我們可以走上街頭，那些窮的街，富的街，擠滿人的街，空蕩蕩的街，去問每一個路過的人同樣一個問題，『你幸福嗎？』」

所有的作家都很熱情。每一個都帶了自己最新的作品。有那麼一兩個，會掏出手機，要求和我緊靠在一起，拍張照片上傳到自己的微博上。還有一些直接向我表示了好感，希望我能做他們的「德國情人」……每次見面結束，我都會整理錄進手機裡的對話錄音，用十根指頭敲打出來，再加上一些注解，發送到一個指定的郵箱。

每一個我見過的男作家，都對現狀表示了不滿，但同時他們又對自己的前途很樂觀，吹噓著自己作品的獨一無二。在咖啡館結束閒聊後，黃昏往往就降臨了。漂亮的街燈形成亮閃閃的延長線。他們會邀請我去某家不錯的中餐館共進晚餐。有時我也會要上一杯啤酒，我們面對面地吃著喝著。我知道對面的作家在觀察我，他們的面色在燈光下變得紅潤，我得讓他們感覺到，他們點的菜非常巧妙，他們說的段子值得思考。沒有人懷疑過那家叫漢斯的出版社。

通常，到了晚上，喝了點白酒黃酒下去，作家們變得妙語如珠，他們用辛辣的定語評點我關注的那些作家。

「A確實有著令你們讚賞的語言準確性，但他的小說裡沒有人物，他只是把一些根本沒有關聯的細節拼到了一起。」

「K不過是一個天生的模仿者。」

「F是挺受歡迎的，他所做的只是嘲弄一切，粗俗地談論性。」

有時他們會激動，而我聽著。

「為什麼你們只關心那些死了很多人的故事？廣場、監獄、自焚，中國文學對你們而言，難道就是這些？聽說你們最近又給了M一個獎，他不過是把右派、性、廣場、法輪功攪和到了一起。文學就只是這些？」

我專心吃著菜，作家們滔滔不絕的長篇大論讓我一再走神，想起自己來中國前，對中國的想像。

有一天，我會去中國。選擇黃山那樣的一座山。山上有許多百年松樹。樹下有一座小房子。平房。它被松樹和野花圍繞。有窗戶，有走廊，有木頭牆。每天早晨，我走出門，坐在樹下，在山間的霧氣裡打坐。清冷的空氣裡，瀰散的是松樹身上新鮮清淡的木香，還有一縷遙遠炊煙的味道。從我的書房天窗就看得見雲海。我讀從右到左的線裝書，用毛筆在上面畫圈寫字。午後，我會睡個午覺，喝一壺茶，繼續寫一首七言長詩。然後出門，走上幾裡羊腸小徑，去拜訪一位朋友，一起朗讀他剛剛用黑墨汁寫完的詩。太陽慢慢黯淡後，我們一起仰望黑水晶一樣的天空，和那些輕盈的小星星。

也許只是因為有人願意聽他們講。

我也見過幾個以大膽著稱的女作家。她們每次開始說話都會「我，我……」她們總在談論她們自己，總是誰誰誰剽竊了自己的故事；誰誰誰是太有名，但壟斷了別人的（是說她自己嗎？）出版資源；她們有時會突然把話題跳到我的裝束上，「我親愛的朋友，我喜歡你的襪子。」「啊它跳絲了。」「這樣才酷！」她們也會談談怎麼支配那些總是不夠多的版稅收入，怎麼在一個常去的酒吧創造種種樂子。中國的女作家們，是那麼地容光煥發，她們精心護理自己的皮膚，這讓她們三十多歲，看起來卻像我們那裡二十出頭的小姑娘。她們對政治基本上、完全不感興趣，這當然沒法說成是自私，這肯定不是她們的錯。但我想，再過幾年，生活會讓她們變得和其他女人一樣黯淡、無聲無息。

我只選擇了其中的一些男作家保持聯繫。另一些，他們顯然不愛談論那些沒有答案的事情。

這些男作家，有的高些瘦些，有的矮些胖些，但是無一例外，在他們用淡淡的笑容迎接我的時候，仍然有一絲嘲諷、緘默的神態，仍然有著某種光芒，而這種光芒，在其他作家身上，似乎已經熄滅了。

有一位我保持聯繫最久的，C，我還記得他要求看一部分德語翻譯。「既然你被我的書所打動，『特別激動』，主動聯繫我，還要把它介紹到德國去，那麼，我可不可以看看你翻譯的一部分章節，還有你自己對這本小說的評價？」

這很簡單。找一個上外德語系的碩士生，付上一千錢，翻譯二十五頁。半年後他問過我結果，我告訴他，不僅是自己工作的那家漢斯出版社，我也輾轉聯繫了德國幾個比較大的出版商。回答基本上都差不多：他的這本書太厚了，他們擔心德國的讀者不太喜歡，銷售情況不會太好。

關於他，我足足寫了四十封郵件。某一天，我打電話給他，他的手機關機了。我又撥了他家的電話號碼，電話響了一會兒，但是沒有人接。晚上我又試著打電話，接電話的人也許是他的妻子，對我說，他跟了幾個人走了，已經走了好幾天了。一種奇怪的好奇，我壓抑了它幾天，但它不斷地上升，於是我決定去C家看看。

C的妻子下樓來接我。門房沒有穿制服，用嗅覺辨認著我。C的妻子穿著加厚加棉的卡通家居服。她有一雙佈滿細紋的圓溜溜的眼睛，一雙狗一樣的眼睛。

在電梯裡我們沒有說話。她把我帶到四樓，最左邊的一扇門前。C的書房是白色的，桌子上有水杯，杯子裡有茶，上面漂了一層霜一樣的薄衣。一盞老式檯燈，一本攤開的詞典。一個臺式電腦鍵盤，奇怪地扔在了椅子上。牆上掛了一本日曆，日期畫到三天前。C的書房裡還有一張長沙發，上面蓋著一塊藍花布。此外便是一排排書。我走近那些書架，輕輕撫過那些書脊，忘了自己其實是在一個陌生人家裡，後面還跟著個女人。那些書裡沒有他自己寫的。

「他走的時候，您在嗎？」

「我在，但我不知道他們去了哪裡。」

「那您後來有沒有電話過誰？」

「我給我們雙方父母打了電話。」

「他看上去……有沒有什麼不對勁？」

她搖搖頭。

其實我更想問的是，吃飯時，他坐哪張椅子？我還想看看他的衣櫥，看看他不來見我的那些時間裡，都穿些什麼。

我想起我們之前的最後一次見面，在那個有著漂亮屋頂的咖啡館裡，那張深色的木頭方桌子旁，C告訴我，他在用《米沃什詞典》的方式寫一本小說，「用『六〇年中國知識界六十個關鍵字』。」那天我要了一杯綠茶，在熱氣裡等待著他講出更多。他說話的時候，我看著這個舉止有些笨拙的男人和他陳舊的眼鏡，他的襯衣，他粗粗的手指，心想，二十多年來，他從來沒有停止過對那年夏天的回憶，他後來有沒有真正活過呢？

C已經開始有些謝頂了，他整個身子敦實勻稱，這種高大、強壯，在中國作家中算是少見的。是因為他長得高高壯壯，他的文字才結結實實嗎？他笑起來的時候，眼角向下耷拉著，有一副淒苦的怪模樣。也許是因為那一抹憂鬱的神色？總之，即使他的嘴唇咧開著，微笑著，他眼中的神情卻是嚴肅而專注的。我也注意到，雖然他也抽菸，但牙齒還算潔白，基本沒有黃垢……

他對著我說了一堆人名，武訓、胡風、雷鋒、海子……「一九八九年三月二十六日，海子在山海關臥軌自殺。一個自由而痛苦的聲音歸於靜默。」他的敘述中出現了空白。後來我反覆聽這段錄音，一遍一遍聽這段寂靜。這寂靜是如此寧靜。錄音裡不會再現，我將自己的雙手蓋住他的雙手這一畫面。是寂靜把我們連在了一起。這是這些年，從未有過的。在這段寂靜裡，一切似乎都定格，只有菸灰缸裡，一隻沒掐滅的菸頭，一縷細細的煙，螺旋，上升，散開。

「左眼跳財右眼跳災」，付錢的時候他說，「我的右眼皮老在跳，我覺得有什麼不好的事要發生了。」我盯著他看，他右眼周圍的肌肉確實在輕輕顫抖著。我不知道該說些什麼。

出了咖啡館，我們又散了一會兒步。這一次，走路的時間有點長，雖然穿著平底鞋，腳後跟也開始作痛。

我第一次不知道該做些什麼，說些什麼。我不太清楚自己被什麼佔據了，也許我得承認，有一種特殊的好感在滋生，這讓我想離開身邊這個人，離開這個城市。我想要一杯烈酒，喝完倒頭睡上一天。

「你是個漂亮女人，你受過良好教育，為了工作，我想你得閱讀不少我們這兒新出版的書。你總在尋找作家，但是，在這裡，你有沒有感到過無聊？」在和我說這話時C停住了腳步，頭略微往後仰，這讓他看起來比實際更高了。他似乎是在打量著我，又似乎是想儘量和我拉開些距離。

「為什麼？你覺得你的作品讓我無聊？」

「三年後，你還會在中國嗎？」C問。他甚至沒有試圖隱瞞自己那帶點嘲弄的微笑。

「不知道，這地方既迷人，也累人。為什麼這麼問？」

「我新的長篇，應該需要三年時間。」

「你是一個很有勇氣的人。」

「我只是知道，我想寫什麼。」但我看得出他臉上的不安，彷彿他已經看到了，某種只有自己才能看到的徵兆。在路燈下，他重複著這句句子，「我知道我想寫什麼。」

我幾乎沒說什麼話但卻嘴唇乾燥。

我們在他家附近分了手。我看著他沿著社區花壇遠去。在我爬上六層樓，回我自己租住的小屋時，我感到雙腿因為挪動緩慢而變得格外沉重。在所有人都開始睡去的子夜，我仍在整理當晚的錄音材料。那天晚上，有隻蒼蠅一直在屋子裡飛，嗡嗡嗡嗡。發送成功後，我感到心裡先是空蕩蕩的，隨後它又在胸口慢慢收緊了，緊得周圍的皮膚都發疼。街邊的路燈還亮著，我還可以睡上幾個小時。一切都更安靜了。然而，奇怪的嗡嗡嗡嗡……

C離開了幾個星期，我們沒有再見過面。

那幾個星期，正好是上海的深秋時節，天氣死氣沉沉的，不是下大雨，就是下黏糊糊的小雨。我不喜歡這樣的天氣，它讓人憂鬱。我發現我再也無法忍受這樣的天氣了。

所以我很快提出了辭職。理由是，我的家人身體不太好。我的母親已經年近七十，她確實越來越容易疲勞了。

親愛的教授，這一切並不有趣。我想忘記這一切。

柒的家鄉是在德國基爾，一個漂亮的海港小城。那裡有閃閃發光的水面，綿延的沙灘，明亮的天氣，某種她需要的寧靜的東西。她可以跳進海水裡，忘記這一切。當然，同樣的這些，也會變得平坦、灰色、單調、冰冷。風景是善變的。

我得承認，讀完這些的時候，我感到很不自在。有整整幾分鐘，我沒有挪動過身體？心臟先是怦怦地跳，然後安靜下來，我控制著自己的呼吸，很快，安靜又變成壓抑。為了強迫思想放慢腳步，我開始整理書籍，一本接一本地抽出來看看。還好我沒和她怎樣，在那些下午，看著她潔白皮膚宛如某些新生的毛茸茸水果，我努力壓抑了自己，不伸出手去。還好我們之間，什麼都沒有發生過。我這樣想著，忍不住感激地朝四周看了看。房間寂靜，空蕩蕩。

信裡柒沒有解釋，為什麼會在來中國六個月後接受了這份工作。她很喜歡錢？有中國特色的社會主義改變了她？我想起她對詩的解讀，也許她認為，所有詩歌都是用來反對，所以她相信，它們都加上了密碼。那麼，是這份工作給了她辛辣的刺激？

柒曾經的同班同學後來告訴我，和柒一起來中國留學的，還有她的哥哥，那位哥哥被描述成「充滿活力，喜愛社交」，他隨身攜帶相機，常常包一輛計程車，看到什麼感興趣的，就快速按幾下快門。據說他是突然離開中國的，連放在留學生公寓裡的行李也沒有拿。但是當時，誰都沒有留意……

柒接觸過的那些作家，我試圖尋找一種貼切的、禮貌的、真誠的表達方式，代替柒，說出一句「對不起」。

是嘛！操！這真他媽的像一個小說！我可花了不少錢請她吃飯！以後再碰到號稱是外國出版社來的版權代理人，我們應該怎麼做，難道只談論天氣暖氣？……

作家們的反應大同小異。

但是C卻拍了拍我的肩膀，對我念了一句詩，「Do Not Go Gentle into That Good Night. 我親愛的朋友，可別溫和地走進那個良夜。」

附：一份柒的詩歌分析練習

一夜

在虛假的陰影裡懸空紛飛
白馬骨、素馨的
雪白絨毛，遮蔽了
天空和安寧

無論正視，還是一瞥
黑夜接著便來臨
受遙控的電動玩具
漫遊迷失進黑暗

而呻吟聲中
陽光重新出現

映出的蒼穹重播那場大雪：雪片漫天飛舞

「開頭這四句詩裡，白馬骨、素馨這兩個名詞顯然是指同一種植物——六月雪。查『百度百科』，可見此詞條：六月雪，常綠小灌木，六月開花，遠看如銀裝素裹，猶如六月飄雪，雅潔可愛，故名。別名碎葉冬青、白馬骨、素馨、悉茗。

「六月雪的別名共有四種，詩人為何僅僅選擇其中兩種？白馬骨，白馬，通常與王子、騎士相連，王子和騎士則是精英的代名詞。我們想像得到，一個英氣逼人的青年，是如何縱馬馳騁的，但是最終，他體驗到了令自己震驚的末日結局：成為一堆白骨。這只是白馬骨這個詞語的字面意義。在『百度百科』裡查找白馬一詞，詞語資訊如下：1、白色的馬。2、古代用白馬為盟誓或祭祀的犧牲。3、古代以乘白馬表示有凶事。4、見「白馬氐」。5、古津渡名。在今河南省滑縣北。6、古縣名。7、古驛名。8、複姓。其中二、三兩條引申意義，頗值得玩味。

「素馨，同樣是在『百度百科』裡，素這個字的用法有『素服哭於庫門之外。——《禮記．檀弓》』、『天下縞素，今日是也。——《戰國策．魏策》』、素服縞冠（喪服）等等；馨，顯然只是xin（心）這個同音字的冒牌貨。素心，顯然是指有披麻戴孝、表示哀悼之心。

「我對花園裡的植物知識只局限於玫瑰月季那些，不過詩人如此巧妙掩飾『六月雪』，讓我頓感興趣。『維琪百科，自由的百科全書』中，在『六月雪』的其他意義裡，赫然有『在中國傳統文化中，因為天人感應，在農曆六月降雪，往往是有重大的冤情發生（竇娥冤）』這一說明。顯然，它指代了一起在六月發生的重大事件，某起性命攸關的事件，需要注意，『雪』這個單詞……而時間上，似乎也很是同步一致……從『遮蔽了天空和安寧』一句可以看出，詩人想必已經知道，即將採取的行動，將是不和諧的，不和平的，製造禍害的。至於詩人將讓人們怎樣『表示哀悼之心』，我將繼續探討。」

在這段的下面，柒用塗改液塗抹掉了幾行字，我小心地刮了幾分鐘，但刮得有點支離破碎，隱約可見下列這些（我不敢保證辨認得十分正確）：

「素（10）+馨（20）+白（5）+馬（3）+骨（9）＝47，我還以為馨是19劃呢」

「五—八行，『無論正視，還是一瞥』，都是看。看什麼呢？這就要聯繫到最後那一句，『映出的蒼穹重播』，我們這位詩人明確點出了是看電影，而且是看露天電影。放一場露天電影需要幕布，一柱燈光直照幕布，上面就會出現一些字、會動的人、東西、話聲、響聲……它們不正是『在虛假的陰影裡懸空紛飛』麼？而露天電影，一般都是在能聚集很多人的廣場播放……

「『受遙控的電動玩具』，我目前沒有辦法查明它的具體型號，但這種描述應該是指一種遠端控制視頻播放的技術。

「我們這位詩人既然創作了這首詩，並在開端喚起六月冤情景象，這種聯想的所指和能指讓人很容易辨認出來，『重播』的將是什麼影像。明明知道一旦重播了、觀看了，『黑夜接著便來臨』，卻還要一意孤行，這種個性是多麼固執呵。『受遙控的』播放工具可以『迷失進黑暗』，觀看者卻不能隱匿身分。詩人在幕後煽動這一行為，已經到了卑鄙無恥的、需要繩之以法的地步。

「總之，這是一份要在六月某日夜晚，遠端控制當年視頻並露天播放的顛覆活動告知書，幸好，在其蠢蠢欲動的時候，詩人這種樸實的隱喻能力便得到了我的賞識。沒有一位無辜的詩人會在一個無辜的國家寫一首無辜的詩，這就是我的警惕之心所在。只要耐心沿著一首詩分行的道路前進，在詞語和詞語之間，意義融會貫通之處，放慢速度仔細敲打，那些躲藏在字面意義背後的耳語、喘息，就會因為受到驚嚇而自動冒出頭來。」

——摘自柒的筆記本

我同居的小女友看完這一段後懶洋洋地反問我：這難道不只是一首色情短詩嗎？白馬骨、素馨的雪白絨毛，就是用來擦乾淨的紙團滾了一地嘛。電動玩具，就是跳蛋或者電動陰莖呀，漫遊迷失進黑暗，這個，更明顯了……

隨便吧，我回答。

附錄·
《Penthouse》書選：走走《黃色評論家》
——喜好窺陰之人所寫的情色生活 By Humbert Humbert

翻譯／BTR

粗俗、虛偽透頂、自我放縱、懶惰。走走最新之作——小說《黃色評論家》中所描述的這位評論家是一個如此精神渙散和迷戀於年輕肉體的中年男人，言詞之間屢現乏味，讀者必須吃力閱讀枯燥乏味的文藝學術語，就像某人在閒聊瞎扯，所談不是面對讀者，而是自言自語，或是為了遠方某個打算過度闡釋的天使。最終，倒是迷人的女性們成為一項項潛在的「恐怖」武器——以娛樂的行為藝術方式顛覆人們的日常生活秩序。

小說場景大部分設定在臥室、文學沙龍、大學課堂。小說描繪掌握話語權的評論家單調、同質和無意義的文學理論規則和概念，所荼毒迫害的恰恰是自身的想像力。與之發生性關係的女性逐漸趨向無聊抑鬱，最終，她們各自想出自己的「危險」遊戲，設置了一個個迷人陷阱。

從許多方面來看，此書都像是中國知識份子的一面鏡子：因缺乏想像力而固守秩序，因精力分散而一事無成。

本書與作者前幾部著作文體風格迥異，作者聲稱這本小說是真正的採訪錄，花了幾年的時間，走訪了一些女性寫作者，書中人物均真實存在，大量內容由那些佚名文藝女青年獻上手稿編撰而成。作者說：「她們曾經夢想成為大作家、大詩人，因為這意味著生活是原創的、創意的而非單調乏味的機構裡，一顆嗡嗡作響的小螺絲釘。如今她們從過往周遭事物中脫離流亡，只是遙遠且興趣盎然地關心著文學。」

作者自己則將故事重點放在不同的角色遇到了同一個評論家，每一個人擁有不同的心理狀態、精神抽搐、幼年創傷、財務狀況和命運中的隨機變數，這推動著小說人物進入房間，脫衣上床。在死氣沉沉、裝有日光燈的尋常床墊上，空調送出嗡嗡作響的空氣，但她們沒有在精子的海洋中埋首失去自我。

雖然本書感覺不像一個完整的創作產物，比較類似各類主題原始粗略的文本摘抄，缺乏原創性。但它以新銳小說之姿刺激讀者購書放置書架上流覽。站在作者觀點而言，也許這表明被寵壞的評論家與百無聊賴的文藝女青年，他們是同一硬幣翻轉的兩面。作者在信中寫道，「中國的文藝青年因為並無精神上的痛苦，所以無聊笨拙，看不懂一切沉悶或不透明的事物。」這本小說對於大部分年輕讀者，未能提供足夠的刺激，儘管文中暗示很多事件出處，但作者意圖揭示的更深層的疼痛，並不存在。換言之，即是作者企圖傳達的真相，無功而返。

「我們是如此的卑微，在更強大力量的『慈悲』下殘喘苟活。查無此人與無法顯示的網頁，穀歌總是沉默。活過每一天，我們就已經失去了一天的勇氣，永不復返。」每天汲汲營營陷入工作和賺取每月所需困境之中的人們無法體會這種絕望。與其深沉哀傷，不如活在當下。於是，每一秒的可能，評論家都禮贊上蒼所賜予的女性之美與共度一夜的難得機緣。

這或許就是生命的真面貌：無聊賴地活著。但至少，某些行為引人思辨，比如女行為藝術家就是一個英雄人物，她提供秩序的世界應有的混亂；網羅彙整和條理組織一篇講話稿，並試圖從中找出資訊流的失蹤者也是，超級無聊之事才能超越任何無聊。

這樣看來，在中國：有大量天生的文藝青年漫遊在校園與咖啡館；引進版權的外國翻譯小說因為尺度更大猶如人造綠洲；是否抄寫某些講話、篇章成就微博上的二元對立陣營；試圖發表作品的無名作家成為目光淺短的評論家的奴隸；人們即便相愛也存在認同問題與溝通困難。

小說情節因為採訪對象的一篇一換而被拆解得支離破碎，燿燿閃爍的各個篇章裡，描繪撰文講述自己和眾多男人女人性經歷因而與主流社會格格不入的邊緣人；才氣不夠卻拚命寫詩的局外人；有著超乎尋常理想主義的怪異女編輯……作者以詠歎聖詩的和諧筆調刻畫了種種性關係，圖像式鋪陳展示細小的生活瑣事，最終發生戲劇化轉變，這也是小說裡難得的奇妙又令人回味的情節。再由意外甚至失蹤、死亡事件，引出人物的背後故事。

事實上，《黃色評論家》在某些方面堪稱女權主義文本，作者以親密語調引領讀者導覽女性墮落過程，以文字魔力建構每一顆心靈的複雜層次，歌頌了女性的鬱積與堅毅不拔，她們有能力承受所有射向她們生命的命運之冷箭與石塊——日復一日的單調乏味與不幸之事。

小說沿路讀來，那些或許會被徹底刪去的性描寫提醒讀者，作者是一位稱職的觀察員、一名入流的知覺者，對於周遭世界抱有豐富的感知與情懷。我們不斷地被影響、被束縛，每分每秒，變化莫測，就像下水道被生活垃圾充塞填滿。小說試圖捕捉忙碌混亂的現實生活、小說主角間感情的細緻差別。

作者對壞女孩們的惡作劇著墨甚深，她們違抗閉塞，自我思維越來越大，不斷滋長，卷鬚發芽，最終獨立成事。時而驚豔，時而愚昧；時而風趣，時而瘋狂。《黃色評論家》的字裡行間，每分鐘閱讀，都成為反射光亮的一面鏡子，揭示讀者自身的智商與政商。我聽說中國的教育提倡死記硬背，作者也許應該採訪一個文化管理的高職務者，將這某個傢伙鎖在一處無窗戶的辦公室裡，執行死背硬記的勤務。這一死記硬背的工作涉及種種文字處理，這些他從來沒看過或在乎過而被他刪除禁止面世的一堆漢字、一大疊Ａ４紙，永遠不會減少。他的目光將徒勞地瞄向釘在牆上的時鐘，獨留自己與腦中的漢字相伴。

作者一直以來鄙視故步自封，本書展現作者擁抱不連續性的採訪物件、對歷史事件宏觀與微觀的迷戀、後現代璀燦煙火、老式說故事以及對當代中國精英文化持續的關注與執迷，有自我滿足和自娛自樂之嫌。

但也可能抓住一群新讀者。給他們一扇窗，儘管是一道有缺陷的視窗，讓他們一窺這位自恃聰穎的小說家對文化人生存處境的洞察。這樣的寫作者，不用擔心自身的工作會被電腦寫作軟體取而代之。

Humbert Humbert

一個化了裝的極端個人主義的藝術家。敏感，想像力豐富，但近於偏執。常常寫在文章中的一句話是：「人性中的道德感是一種義務，而我們則必須賦予靈魂以美感。」

特約翻譯：BTR，B型白羊座，一九七四年生於上海，畢業於復旦大學經濟系。自由撰稿人，熱愛西方當代小說，《孤獨及其所創造的》為其第一本譯作。著迷於新鮮有創意的敘事，對語言敏感。喜歡當代藝術、電影及其他無用之物。「萬般皆下品，唯有小說高」偏見持有人。致力於以各種形式記錄「現實被扭曲了的投影」。

Sexual intercourse (or coitus or copulation) is principally the insertion and thrusting of the penis, usually when erect, into the vagina for sexual pleasure, reproduction, or both. This is also known as vaginal intercourse or vaginal sex. Other forms of penetrative sexual intercourse include anal sex (penetration of the anus by the penis), oral sex (penetration of the mouth by the penis or oral penetration of the female genitalia), fingering (sexual penetration by the fingers), and penetration by use of a dildo (especially a strap-on dildo). These activities involve physical intimacy between two or more individuals and are usually used among humans solely for physical or emotional pleasure and can contribute to human bonding.

後記Ｉ

性與政治的書寫遊戲

汪功偉

一、文本的歷險

書寫到底是為了表達自己還是旨在將自己掩埋？在人們尚未消失的集體記憶中，究竟是從何時開始，語言不再是世界的一面鏡子，以其透明、平滑、富有光澤的表面展現著這個世界的真相？又是從何時起，語言通過文字的線頭（它們的排列組合、它們的交織纏綿）引領著讀者走向另一個獨立的、有待破譯和解碼的世界，走向外在於、卻又關聯於我們這個世界的「文學空間」？當人們翻開這樣一部作品，或有意或無意將自己置身於如此這般的陌生時空，只有耐心、機智而又樂觀豁達的讀者才能在文本的海洋中起帆遠航、乘風破浪，誠如忒修斯在克里特島上的迷宮中用線頭小心翼翼地標記著途經的路線，最終在斬獲米諾陶諾斯之首後安然走出迷宮。

是以，擺在人們面前的《黃色評論家》即為該類文本的例證之一。粗略觀之，《黃色評論家》由三個部分構成，揮之不去的小學記憶似乎在悄悄告訴讀者這是一種鬆散的「總分總結構」。第一部分是一篇關於「走走」的訪談，很明顯，加了引號的「走走」與現實中的走走並不完全重合，卻又關係曖昧；煞有介事的訪談則記錄著「走走」進行書寫的意圖與策略。中間則是「走走」所創作的小說正文，其中收錄的八個故事都採用評論家的敘述視角，關乎性、關乎政治，而在這幾個故事中，人物均用數位或字母指稱，從零到柒的序列或許在表明某種偶然的、而非邏輯的關聯。最後，一篇看似摘錄、實為杜撰的紐約時報書評顯然出自狡猾的作者之手，她彷彿是在指點迷津，在人們開口詢問「這篇小說到底在表達什麼？」這種平庸乏味卻又屢見不鮮的問題之前，事先給出了一份答案，好像一抹雨後長空的清麗晚霞、一片指明歸途的微亮曙光，但是，誰又能拍著胸脯擔保說，這篇有意而為之的書評不會又是一個連篇累牘的反諷呢？我們有權利參與一個精心佈置的遊戲，卻沒有權利全身而退，像我們參與之初時那樣輕鬆自得、躊躇滿志了。

但是，與其說這部作品本身具備上述的隱匿結構，倒不如說這僅僅是為了「求知意志」（傅柯語）的虛榮或心安，讀者賦予這部作品一個供閱讀之便的輪廓。將萬花筒輕輕旋轉一個角度，整部作品的樣貌煥然一新，亦未可知。這也是這部作品向人們發出的一封宣戰書：任何確定的界說與闡釋都是不可能的，「一切堅固的東西都煙消雲散了」（馬克思語），我們必須在不斷的自我否定中調整自己的視角、審視自己的解讀。自反性，一種指向自我的考驗與質詢，成為閱讀《黃色評論家》時所必需的某種姿態或素質。而自我採訪，則是這種自反性的一個直接而簡單的表徵。在作品開篇，走走便在自己的筆下分裂成兩個部分，「走走」與「記者」之間一問一答。「走走」在雜誌訪談中談論著自己的過去與經歷，談論著自己的作品與念頭、談論著自己的虛構與真實。不過，人們沒法越過這篇訪談劃定的界限去觸及作家走走，也不能把這作為人物「走走」的真誠告解與坦誠自白，因為「讀者永遠不能在『我』的行為中認識到我，在『我』和我自己之間，隔著一道安全的深淵。」（注：楷體字引文均援引自《黃色評論家》）換言之，通過文本中的敘事與描寫去滿足讀者對於走走或「走走」的窺視與好奇，對此人們無能為力；讀者能做的，毋寧說只是直面文本本身，徑直與文本對話，而不是把文本作為與作者對話的媒介或載體。

「真實的對話好比射精，是一種非邏輯機制，任何描述都無法充分論證這種非邏輯機制。」在文字的面前，人們應當學會必要的恭謙，坦然承認符碼的桀驁不馴。與文本的對話不是為了獲得一種確定的意義，而是為了生長與蔓延，為了流轉、消逝與重生，為了「追求某種靈魂深不可測的無限性，不確定性。」讀者的「我」就在這種對話與自反的圓舞曲中瓦解、坍圮與重構，就像訪談中那些被一遍又一遍構思的「自傳」一樣，憑藉著一個又一個的可能，觸碰到生活中那些看不見的一切。

曾經有一個重大的思想／神話時期，那些考問著世界與人性之終極意義的人們試圖從一個原初的「我」中發現它們的確切起源。而現代世界的一個成就就在於，這樣的「我」已經不再主宰我們對於自身以及周遭的追問了。城堡的象徵性存在是否源自卡夫卡的純粹心靈或者K這個幾近匿名的人物？羅伯-格裡耶對物本身近乎偏執狂式的描摹所說明的不恰是「世界既無意義，也不荒謬，它存在著，僅此而已」麼？「走走」在訪談中坦言「我一直在製造自我之謎，但我其實沒幹過什麼冒險的事兒，沒有那些迷人的故事」，「在我的筆下，包括『我』，每個人物都是獨一無二、不可模擬的，但都為時短暫，註定要消逝」。既然如此，相應於作者，一個讀者所要做的，無非是放下我執，痛痛快快地投入到一場沒有最終勝負的遊戲中去。

於是，一場文本歷險開始了。

二、變調與迴圈

如果說閱讀的過程是一次未知的旅行，那麼在這場沒有目的地的奧德賽中，讀者能清晰地感受到一種風格的漸變，彷彿從一個充斥著洛可哥式歡愉的戲謔空間逐步踏上了一片荒涼而冷寂的陌生土地。在這裡，我們似乎又與佛洛依德不期然相逢。自精神分析帝國主義伊始，當人們試圖談論一部小說，似乎就不得不去談論隱藏在這部小說下面的性幽靈。一個陶醉於精神分析模式的讀者會去發掘那些隱藏在作者童年的蛛絲馬跡，他將樂此不疲地談論著「創傷」、「父親」和「自戀」，深陷於對俄狄浦斯神話的拙劣比附中無法自拔。性及其「周邊產品」似乎成為了一把萬能鑰匙，所有文本的密匣都可以通過轉動這把鑰匙在世人的目光下顯露無餘。但是，和「走走」筆下的評論家不同，我不會標榜自己是一個「佛洛依德派文學批評家」，我至多只在精神分析的某些術語和《黃色評論家》的正文部分之間作出一些看似成立的類比，與其說這種類比揭示了作家寫作的心理動機，不如說它本身就是一次語言遊戲。

從「零」到「柒」，除了敘述這些五彩繽紛的故事的人相同，還有其他任何的關聯麼？或許，數位序列可以被視為層層遞進的梯級，以某種不顯明的方式標記著小說的悄然變調。虛構的小說從「零」開始。零，既是一個人物，又像是一個空空如也、有待填充的暗示：她貌似永遠處於一種缺失的狀態，必須要通過性去把自己填補完整，或許其本身就是原欲的完美化身。她像薩德筆下的朱斯蒂娜一樣遊蕩在兇險的男性世界和曖昧的女性世界中，但她並不抗拒，而是欣然通過性來架構自己與外間世界之間的關係。她所有的作品同樣圍繞著性展開，其中更有甚者對性做出了一番形而上的探討：與愛相比，「性才是真實的、神聖的、神祕的」。性完滿而自成一體，就像零筆下的陰蒂心甘情願地走向「孤獨」。而在壹的世界裡，性的各種元素在其詩作中赤裸裸地現身，只是在性之外分化出了一種「精神上的旁觀」。

然而，這種「旁觀」到了貳則嬗變為對性的否認，它開始消抹性在作品裡的蹤影，把性作為優秀文學需要著力對付的敵人。熟諳精神分析的讀者不難發現，如果零可以比作那個永遠騷動不安的本我，那麼貳則是一個人格化的自我監督機制，她遊走在冠冕堂皇的機構之間，不斷尋求著性放縱與性壓抑之間的脆弱平衡。

三則展現了自我的另一面。那些難登大雅之堂的、無法公之於眾的東西，亦即關乎性的一切，在三的精心偽裝之下得以為世人所識，恰如夢境的舞臺上上演的一切內容不得不經過凝縮和移置，以便通過自我的審查。而這恰恰構成了對貳的另一種延續；不同的是，在貳的故事中，這是以一樁醜聞的形式展現出來的，它是對自我審查的虛偽進行的巧妙揶揄。精神分析學中的自我承擔著壓抑與放行的雙重職能，後者的缺失只能造成潛意識的大爆發，通向了一場「難得的文本狂歡、行為盛宴」。

小說自參起，第一次進入了一個自我必須向之臣服的外在領域，一個由出版審核所具象化的政治領域，換言之，超我的領域。參在工作中要聽從上司對出版審核的要求，在家庭中甚至與一個出版局審核員生活在一起。她不得不與壓抑性的超我直接打照面，但又成功地將性釋放到了超我所能海涵的程度。這種從自我到超我的過渡在肆的故事中得以完成。在這個帶有些許懸疑色彩的故事裡，評論家扮演著超我的角色；而肆則是一個誘惑的主體，她與評論家頻頻接近卻又若即若離，一次次的準勾引總是在將入未入之時戛然而止。肆筆下的情節所具有的怪異性和她面對評論家時表現出的怪異性引起了評論家們的好奇，她變成了評論家們的獵物，有待後者編織出的評論話語網的捕獲。但大白於天下的真相卻難免讓超我感到失望：原來肆也是一個男人，或者更準確地說，她有著外展的女性特徵（乳房）和隱匿的男性特徵（陽具）。女性特徵成為她與超我進行合作／交易的工具，而男性特徵成為她在幻想中滿足自身戀母欲望的工具；她是一個介於女性和男性、誘惑與追逐、客體與主體之間的中間物。由此，肆的遭際、或其本身，不僅僅是男女之間權力關係的表達，同時也是評論家與作家之間權力關係的寓言：如她所言，她「自己就是個暗喻」。

從肆開始，小說的調式漸趨冷靜、乃至抑鬱，評論家的視角也少了幾分嘩眾取寵，多了一些置身事外。從伍到柒，作為敘述者的評論家減少了對這幾個人物的評頭論足，也不再本著一種職業精神把觸角伸及這些人物的童年奧祕。伍的「關鍵字索引」、陸大段大段的自白和柒信中的內容，沒有被評論家拆解得支離破碎，而是得以完整展現。這三個部分也開始與純粹的性絕緣了，而如果說在陸的故事中，性的元素仍然十分顯眼，那麼它與最初的幾個故事中所扮演的功能已然大相徑庭。在陸的故事中，性的存在理由不能從自己身上尋找（而從零到貳的故事中，性是純粹為己的），它經歷了一次昇華，導向了一種政治目的性和使命感，成為了試圖撼動現存秩序的一種動力。從伍開始直到小說結束，超我機器（或者更確切地說：政治機器）成為了小說主要塑造的對象。伍的「關鍵字索引」在看似中立的描摹下對權力的運作進行了辛辣的嘲諷；陸是現代世界中的花木蘭，肩負著父親未完成的使命，孤身闖蕩在傳統中由男人掌控的政治世界；而柒本身就是無孔不入的體制所馴服和招安的一塊精緻的零件。

由零開始，至柒而終。這場文本的奧德賽涵括了從最單純的性發洩到最細密的權力運作之間、抑或從本我到超我之間的旅程。在零的開篇，評論家「我」寫道：「有關零的小說，您可以在網上搜索到一些。當然是穀歌而不是百度。即使是穀歌，您也很可能面對這樣一個頁面：您輸入的功能變數名稱或網址無法訪問！點此重試（您重試了但顯然沒有任何改變）。」而在柒的結尾，柒對一首詩歌作出了極富文字獄色彩的政治闡釋，但緊隨其後，「我」的女友卻在其中發現了飽含性意味的各種意象。從高壓政治的網路審核開始，讀者進入了零的性世界；而以色情的顛覆作用為終，讀者離開了由柒幫忙添磚加瓦的奧威爾式世界。在小說正文的開頭與結尾，在這兩個世界之間，形成了某種值得玩味的迴圈與交融，兩者在權力與快感的「永恆的螺旋線」（福柯語）周圍旋轉、纏綿。

三、誰在書寫？書寫什麼？

上述評論並不是為了在一堆文字的廢墟中孜孜不倦地重建作者意識。評論是要在作者對文本的控制之外發現一片新大陸，而不只是向作者討一杯殘羹。評論的書寫同小說的創作同是遊戲，只是規則略有不同而已。這裡分享一個網路笑話或許不無裨益：「據說王家衛也是豆瓣網友，在豆瓣看了《一代宗師》的一些影評之後，他表示很有收穫，搞清楚了電影中的很多謎團。」在我們這個時代，作者不再擁有任何特權去囚禁文本意義的增殖與蔓延。私以為，走走的小說是民主的，人人都有參與的權利。我，同任何其他的人一樣，可以在文本的附近進行再書寫，延續、品評、拆解或重組這個故事，以享受著某種「文之悅」（巴特語）。

但是，或許我們就此不得不提出一個略顯傳統的問題：到底是誰在書寫？誠然，作家走走寫下這些文字，它們以一種線性鋪陳的方式構成了一部不太遵守規則的小說，囊括了性與政治，以及各種各樣的奇聞軼事、八卦雜談和戲謔反諷。但是，複雜之處在於，走走首先塑造了一個寫作者「走走」，而後者又寫了小說《黃色評論家》，這本小說記錄的則是一個評論家寫下的八篇評論，這些評論大多指向的是另外一些作者（這些作者是否有其對應的真實存在，我們無從而知），但所有的都涉及到寫作的人、文學創作的內容以及對文學進行監督的政體。那麼，真實的作者、虛構的作者以及後者再虛構的作者，三者之間的關係究竟是什麼？

同樣需要詢問：「寫了什麼？」。整個文本記錄的是走走的隱祕心靈史嗎，以至於養女身分、童年創傷、家庭記憶以一種佛洛依德式象徵主義在文本的此處或彼處幽靈般複現？抑或，走走關注著那些人微言輕的寫作者，他們或者品嘗著個體命運中的存在主義式荒謬、或者在政治洪流中淪為「歷史的人質」（貝托魯奇語）？抑或，走走在文本中對身為男評論家的「我」極盡反諷之能事，讓「我」在對女作家的好惡臧否之間出盡洋相，如此走走便於不經意間玩了一場女權主義的票？也許都是，但都不全是。

什麼是現當代中國文學的「唯一之書」(the Book)?《講話》。莫言獲得諾貝爾文學獎或許是近十年來最重要的文化事件之一。有趣的是,莫言曾手抄毛澤東的《在延安文藝座談會上的講話》,而莫言獲獎一事則把偉大領袖在延安時期關於無產階級美學的奠基性文本又一次推向風口浪尖。某些符號的集合即便不算暴虐,但也是一本正經、不留情面,隨時隨地可能被當作「批判的武器」(馬克思語)。至少在某一個並不遙遠的歷史時期,《講話》框定了書寫的遊戲規則:誰有資格玩這場遊戲、遊戲怎麼玩、玩給誰看,書寫必須圍繞著那個明確的政治標準,任何一步僭越與偏離都只能是作家對歷史車輪的螳臂當車:正如我們之後所見,他們中太多太多的人都被這架政治坦克的歷史車輪碾得粉身碎骨,被掩埋於不可見的時間深處。

當我們為「文學的書寫者需要具備怎樣的階級屬性?」、或者「文學本身是否要成為政治鬥爭的形象闡釋?」諸如此類的問題絞盡腦汁的時候,我們就不可能在文學中尋找到那些僅存的幽默感。「文」是否一定要「載道」,尤其是「唯物史之道」?那些劫持著文學的宏大母題耗盡了作品中的娛樂精神。昆德拉在《巴黎訪談》中曾言:「歐洲偉大的小說起於娛樂,每一個真正的小說家都將其視為歸鄉;而事實上,這些娛樂的主題異常嚴肅。」權力懼怕笑聲,因為笑聲質疑權力劃下的

「鎮妖圈」，強迫思想遵從既定的界限，把思想變成一個卑躬屈膝的「良民」，不敢任著這些娛樂的性子去眺望界限的另一邊。在《黃色評論家》裡，什麼會讓我們發笑？例如——

「他們就是否相信信仰、信仰是否一種幻覺、到底是我思故我在還是我在故我思等等討論了整整一天一夜，講話者指責了大學生的虛無主義態度，他深吸一口自己手捲的菸，告訴他，信仰不僅存在而且無處不在，尤其是在泡饃餄餎裡，『你會越吃越想吃，越吃越想吃更好的，越吃越虔誠』。」

「我發現我寫的詩歌沒有寓意，講話者只是在應該署名的地方署上他自己的名字，然後把它們當作牆紙分發進每個窯洞。奇蹟發生了。每個人都在滔滔不絕地談論它們的寓意。」

「把已經結了婚的文藝工作者一個往南送，一個往北送，這樣他們就能偶爾品嘗到知識分子式的孤獨。」

諸如此類。

這些片段都是從伍的故事中摘錄的，它們以一種荒誕可笑的筆調直指那些被印刷在教科書上的正統歷史敘事。在陸的故事結尾處，「這之後的每一天，我都等著，等著一本名為《肉蒲團百位文學評論家手抄珍藏紀念冊》的問世。」如果莫言的手抄仍然具有一種與當下略顯格格不入的祭祀意味，那麼走走在這裡扮演的則是一位不信神的伊拉斯謨，在一個接一個的玩笑中驅散了籠罩在「唯一之書」周圍的點點靈光。

誰會記得玩笑的第一作者？誰又會那麼不知趣地探究玩笑的確切內涵？玩笑是為了分享，為了流傳，為了膾炙人口，為了引出更多的玩笑。確實，這些玩笑是一個叫作「走走」的作家寫下的，但我想她不會介意我們去把這些玩笑改頭換面、偷樑換柱、添枝加葉、排列組合。我們要玩的，只是一場沒太多規則的遊戲。

四、遊戲未完成

什麼是歷險？翻山越嶺，驚心動魄；良宵佳人，美酒月光；不期然相遇，無緣由離別。文本的歷險與此相似。如果不能踩到幾處陷阱、解開幾處圈套，那閱讀的過程一定乏善可陳。只是，在走走的小說中，讀者不能唯獨指望作者精心佈置的機關，而更多要依賴自己去辨識、乃至設定種種裝置（「玩笑」也是裝置的一部分），在話語的十字路口中不斷做出新的抉擇。所以，「寫了什麼？」，這個問題的答案只能終結於一串阿多諾式的「……」。而對於詢問「誰在書寫？」的人來說，尋找那個確定無疑的書寫者，無非是從他口中（換用一個哲學術語：從他的「主體性」中）逼問出關乎文本的真相。但如果「我」真的成了一個終將逝去的迷，那麼這場文本的歷險就不會終結於某卷記載著真相的羊皮紙。因此我要重申：遊戲永遠未完成。

我們可以略舉一二：

(1) 精神分析的誘惑。在《黃色評論家》小說正文部分，敘述者「我」自詡為一位「佛洛依德派文學批評家」，他窺伺著作者的童年，把她們的作品視為幼時記憶的變形。而在此前的訪談部分，「走走」談論著「領養真相」和自己的雙親。在評論家「我」的分析與作家的「家庭羅曼史」（佛洛依德語）之間，在「走走」與《黃色評論家》小說正文之間，存在著一種持續的誘惑；它召喚著人們採用精神分析的視角去看待這一切。於是文本變成了心理學密碼，於是讀者變成了象徵學專家。但或許又如零所言，對她的童年經歷「沒必要過度闡釋」；「走走」也宣稱那些男人、養母、自己以及親生父母「從未在我的作品中出現過」。真相是什麼？真相是，這是一道開放式習題，標準答案從略。

(2) 評論的競技場。在肆的故事中，她表面的女性特徵和基督徒的性保守主義引發了評論家們的圍追堵截：「您儘管相信那些標題吧，比如：肆是不是女性主義者？再議肆的無性別中性敘事、性別的雙重標準……有的同行宣稱：肆發出了『另外一種聲音』，女性『失落的聲音』，而不是『不同的聲音』；立刻就有同行補充：作為女性作品，肆的「自我再現」是藝術的結晶，而不再只是直覺的產物；很快又有同行反駁：既然肆的小說強調的是男性優越，譏諷女性天真衝動、無自知之明，不正好證明了自身的女性意識嗎？因為她『至少在精神上已經深深地打上了男性的烙印』。」評論家們揮舞著話語大棒，在學術的競技場裡你來我往。但真的有任何一篇評論能夠發掘出作品的真實內核麼？不如說，硝煙瀰漫的評論戰爭延宕和創生著作品的意義，但沒有一個能夠全盤佔領作品的陣地。評論的「大一統」是作品生命的死亡。

(3) 知識的卑微起源。知識彷彿是崇高的，特別是當它掩蓋了自己卑微的出身。如果評論也屬於廣義的知識，那麼在肆的故事中，評論「大發展、大繁榮」的背後卻是男評論家對肆的性追逐。而在「貳」中，道貌岸然的大學話語（例如：「對性的過分關注，阻礙文學精神的圓滿自足。為此需要提倡虔誠的無欲主義者，當然，不是那些禁欲主義者。把性欲放在任何一個極端，都將給它快樂，性欲一旦成為書寫的主體和對象，就會使小說家對小說失去控制。」）掩蓋的則是貳對性近乎嚴格的享樂主義。這裡我們要反轉佛洛依德的命題，不再將知識視為欲望的昇華；知識是欲望的戲仿，是欲望的諷刺詩。

(4) 文體的交響。壹的「器官詩」、貳論文中的語句、柒的詩歌分析練習乃至一開始的採訪和最後的書評，所有這些不同的文體散布於整部小說，構成了文體的交響。這些跳躍於小說情節的句子與小說自身縫合得天衣無縫：壹蹩腳的詩作就像她的人生一樣，在平平庸庸中透著一些光怪陸離；貳對文學中性描寫的敵對態度與她的風流生活恰成有趣的對照；柒把納博科夫在《微暗的火》中發揮得淋漓盡致的才能與權威主義的政治正統融合在一起，上演了一出現代文字獄。我們不用擔心《黃色評論家》是否單調，我們要擔心的反而是它或許會複調得近乎嘈雜。耐心和機敏是閱讀這本小說的標配。

……

我們究竟在多大程度上可以信任最後那篇或作為指南、或作為陷阱的紐約時報書評？所以這部小說真的是在謳歌一些「以娛樂的行為藝術方式顛覆人們的日常生活秩序」的女性？或者是在抨擊「掌握話語權的評論家單調、同質和無意義的文學理論規則和概念」這一文學贅疣？或者是在著力嘲諷當下中國知識份子和文藝青年們百無聊賴卻不自知的平庸生活？不可不信，但大可不必全信。其他的依然很重要。

但我全然相信「走走」在開頭的採訪中所言：「事實上，我在試圖描繪我們時代的存在，用一種奇異的變形方式。」

後記 II

我想破解的祕密是我自己身上的軟肋——對談走走

黃德海 VS. 走走

黃：在你開始各類題材和文體試驗之前，你的小說中心都是圍繞自己的，所有的事情和感受，都是你感知或觸碰的。我覺得你這部分小說寫得細密流暢，幾乎每一個心理的溝溝坎坎，輕微的變化，由輕微的變化導致的或平和或激烈的行為，都讓人覺得準確，值得信任。在這些小說裡，我甚至能看到一個勤奮不倦，甚至有些氣鼓鼓地觀察著自己，也捎帶冷峭地看待著周圍人的女性形象。寫這些作品的時候，你處於一種怎樣的心理或意識狀態？

走走：寫那些作品的時候我還年輕，和搖滾樂隊混在一起，眼力所見，是對感官和身體的迷戀，是青春的身體敘事。那時如果我有很強的自我意識，也是一種自我保護。每週的樂隊排練，或幾月一次的小範圍地下演出，我看到的是常換常新的樂手的女友們。二〇〇三年，我在《收穫》（長篇專號）上發表了〈房間之內欲望之外〉，因此契機調進《收穫》，前三年從事圖書編輯出版。可以說，我那時才接觸到大量當代中國作家的寫作面貌。我編過閻連科、萬方、陳丹燕等的叢書。再加上自己年紀增長，自戀式的情感慢慢淡化，也很難再沉溺身體，這時才有了焦慮感。可以說，我那時才開始有了小說的技巧意識。為了排遣這種焦慮感，我讀了大量西方文學作品，還配套閱讀了各種敘事理論書籍，通過在不同的短篇裡實驗不同的技巧，消解自己寫什麼、怎麼寫的惶惑與惘然。那批實驗之作，就集中收在了《961213與961312》中。

黃：收入《961213與961312》的〈寫作〉，很像是你走上寫作道路的自傳。我感興趣的是，「我成為一個作家，那簡直是命中註定」，經過了這麼多年的寫作，這個初心還在嗎？

走走：這確實是一個接近於自傳的文本。小說的第二段點明了我開始動筆的時間：九月二十五日下午；陳良宇。所以寫作時間應該是在二〇〇六年，那年我二十八歲（這也是我寫作時一個小小的習慣，會忍不住把時代背景以「硬廣」的方式嵌入其中）。我那時已經出版了兩個長篇，其中第二個還在《收穫》（長篇專號）上發表了，本來應該再沾沾自喜一段時間。但是有一天，我的一個好朋友告訴我，另一個和我同期出道、同時也是我好朋友的女作家認為，我的「成功」來自我販賣自己比較與眾不同的童年經歷。這樣的議論讓我痛苦了很長時間，我第一次思考「寫作」和「我」的關係。所以〈寫作〉這個小說是相當彆扭的作品，前半部分仍然忍不住圍繞自己的成長過程描繪了一些晦暗的童年生活，這樣的童年讓「我」感到壓抑，壓抑之際，「寫作」找到了「我」。後半段轉向寫作這件事和「我」生活的互動，相互侵佔；小說結尾，想過世俗生活的「走走」成功趕走了寫作者身分的「走走」，但同時，她開始恐懼一個人時的孤單。沒有了寫作，此「走走」無法再在此岸的人間自處。所以我想說的是，「命中註定」的事是一種宿命，而不是初心。無法逃脫是宿命，念念不忘是初心。我一直覺得是寫作選擇了我，借我做一個臨時的載體。

黃：「從那天起，我的世界裡其他東西都跌進了黑暗，只有一件東西奕奕不舍（生造詞？）地發著光亮，那就是一種敘述的欲望，它有無數的變形，令我目不暇接，我想我的一生都會被它牽繫住。」如果敘事是生命中唯一的光亮，足以抵擋其他的黑暗嗎？人會不會不時陷入愁悶情緒？

走走：奕奕不舍是生造詞，整部小說中，寫作這件事都被擬人化了，你可以想像它是多麼容光煥發、神采奕奕，是和黑暗對抗的巨大力量。直到今天，它仍然是我可以完全信任、與我同在的存在，比任何人世的倫理關係都可靠。我的愁悶即使來自於它，那也是我能自主的愁悶，是我和它互動的結果。而生命中其他一切，都不是我能擁有的。

黃：「寫作就是出賣人，這話我經常掛在嘴邊。」是出於相信還是反諷？「為什麼我讓愛我的那些男人提心吊膽呢？這問題倒值得好好研究。」坐實了問，研究的結果是什麼？如果這並非虛構的問題，你怎麼回答？或者曾經怎麼想過？

走走：寫作確實是在不斷地出賣人。寫〈她她〉那篇，我的好友看了開頭就請求我不要再寫下去了（我一直瞞著她，還是按照自己的初衷寫完了）；我先生是法國人，很注重隱私保護，自從在我的文本裡發現自己的身影以來，他基本不再和我聊他的過去，我寫專欄期間他也不和我討論與我專欄有關的問題。當然我出賣得最多的還是自己，從涉及身體的寫作到涉及靈魂的寫作，其實都在不斷出賣。所以你看，寫作又有點像魔鬼梅菲斯特了。

「為什麼我讓愛我的那些男人提心吊膽呢？這問題倒值得好好研究。」（男人應該擴大為人）這個問題我覺得我在最新的「棚戶區」系列裡慢慢形成了答案。「棚戶區」的第一篇，我對人與人之間的愛是悲觀的，自我與他人之間有著明確的界限。因此，「我」一旦意識到傷害可能存在，「我」就會先去傷害他人。隨時拖著行李箱消失是「我」最擅長的，這是為什麼「我」會讓愛「我」的人提心吊膽的緣故；到了最後一篇，這種自保的界限開始模糊，「我」接受了作為他者的養母的愛。建立一種穩定的關係其實也是在放棄我對我自己的專制。

黃：我也看到別的作家說到小說家的不潔和冒犯問題。其實我很懷疑這種對小說的設想，在這樣的聲稱裡，小說寫作者很像有某種窺私癖，把別人最隱祕的地方挖掘出來，成就小說。我覺得這裡的問題是，當你把別人的生活寫進小說的時候，對對方來說，那個生活就不再是他自己的，而是你小說的世界。能否設想一種小說的方式，在你寫到別人的時候，別人反而更加心安？也就是說，從某種意義上，不是你打探到了對方的隱祕，而在通過寫作對這一隱祕給予安慰？即，小說中寫到的這個人、事可能是虛構的，卻能給予明白此一事情曲折的真實的或虛構的人以切實的安慰，而不是帶來不安？在我看來，寫作也可以是清理自己的情感或鬱積，而不是為了處理單純的小說文本（當然，差小說不在此列）。你剛才提到的「棚戶區」系列作品，我覺得已經在做這個嘗試了。你有沒有想過試著把寫作這個系列體會到的東西，變換一下用在此前的作品中，把那些作品再想一遍（僅僅是想，不用重寫）？是不是可以設想，那些曾經感覺被出賣的人，會同意你以現在的方式寫他們？

走走：我覺得你所設想的方式是有某種天真在的。我舉《冷血》的例子吧，卡波特一開始是出於寫作者的本能，覺得有東西可挖，於是決定通過研究殺人兇手來寫書。在寫書的過程中他確實安慰到了其中一個兇手貝利，也確實和他產生了真實的感情。但最終快寫到結局時，卡波特明白了，只要貝利活著，他就不能寫完那本書，為了成就文本，他開始拒絕貝利。我想說的是，文本從誕生開始是有它自己生命的，而且它是貪婪的、吸血的。寫作者是文本的人質。對應到文本裡，那些被寫的人，只有自己也來寫，來發聲，來造成自己的小世界，才有其完整性。我是釣魚者，釣上魚我才完整，我永遠都不可能假裝自己是魚，理解魚，即使我要釣的是我自己。文本先天要控制，和作者爭主控權，它是天然帶著吞噬性的。寫作本身是一種行動，它不是靜態的觀看他人人生。不造成任何傷害的文本，不成其為文本。

黃：你說過，「小說寫作是製造欲望或平息欲望」，可你小說中的人，製造欲望的多，平息欲望的少（平息欲望，不是變成死水一潭）。這或許就是我在讀你這部分小說時，一面覺得很精彩，一面卻有一種未盡之感的原因。如果像你所說，一個人其實永遠不用外在的東西，只要反覆釣自己也就足夠了，可你還是需要「他者的故事」，為什麼需要？

另外，你說到寫作者是文本的人質，我聽說過很多這種說法，這是要說，對小說中人物的走向，作者也沒法控制吧？可是這裡有個問題，你如何確認這個走向只是你自身的寫作慣性還是真的人物的走向？如果無法辨別這個，所謂文本的控制，就有可能是反省不夠。我覺得，只有在反省意義上寫作，文本才慢慢消除它彷彿先天而來的貪婪和嗜血，從而「自保的界限開始模糊」，跟世界建立另外的聯繫。

走走：製造了欲望卻不負責平息，這和我這個寫作者當時的寫作年齡有關。欲望都是自私的，忘記責任的。現實生活中當時我還處於只為自己高興的階段，文本也是充滿欲求的，這種無辜的自私肯定得不到滿足；順著時間線看我的文本，會覺得實際行動的部分越來越少，也就是說，目前我已經過了需要通過那些來體驗人生的階段。至於你的未盡之感，我覺得，欲望只對自己有意義，與他人是有距離的，這也許也是為什麼沒有一個文本，能讓所有人滿足的緣故。

為什麼我需要他者的故事？因為我最開始是想當自己人生的旁觀者，這樣能避免人生的痛苦。但我發現，自己的人生如果沒有他人作為參照，是無法激發起旁觀時的情緒的。但是他人的故事一旦開始書寫，就會出現一種明確的抵抗。所以我其實只期望自己的寫作精神獲得別人的認可，作品本身我從不抱期望。

黃：後來為什麼停止了類似作品的寫作，轉而他顧？或許你覺得你已經窮盡了這種類作品的可能，再繼續寫下去是重複？

走走：二〇〇八年發生了一些事，那是第一次，我聽到敲門聲感到害怕。儘管後來，什麼事都沒發生。我大概是從那時開始，意識到寫作所應該反映的所謂的社會本質，這個本質背後，是要有意義焦慮和啟蒙（？）／救贖（？）意識的。一思考時代，難免上溯，我目前只上溯到延安十年。近來很多朋友和我聊過類似你的最後一個問題，像我的同事王繼軍就提出，你要像那些優秀的畫家一樣，畫一個蘋果，就可以畫出一個世界。所以我也想過，怎麼把那些思索就放進普通角色裡，就在一個普通的敘事格局裡，也用類似過去的情感敘事，來拋出疑問與掙扎。但是很難。五六七十年代被動式的人人需要過關的壓力，這個時代並不存在。這種壓力是主動尋找，主動承擔的，是為了未來做準備的。

黃：在談你提到的這批作品之前，我還想談談《我快要碎掉了》和《黃色評論家》。在《我快要碎掉了》這個長篇裡，有一種你此前作品裡少有的疏朗之感。此前你的作品都緊致、細密，有些情緒濃得化不開，但在這個長篇裡，你似乎部分放鬆了，敘事語調也從之前的鬱鬱不歡中透出來一些，有不少地方顯出明朗的色彩，或許這是技巧的嫻熟帶來的某種從容之感？為什麼你沒有沿著這條路線繼續寫下去？我甚至想，如果沿著這些心理開始疏朗的地方去探索一下，把自己無法安頓的情緒在那些疏朗開闊出的空間裡放置一下試試看，是不是也會有某種真實放鬆的可能？

走走：當年木子美專欄被叫停後，我接替她在《城市畫報》開了三年的性專欄，那是我寫得最開心的一個專欄。混合了性知識、語言學、女權主義……那時我就意識到性與政治的密切度。我寫過一篇〈非專業．無愛滋病性愛產品表彰大會主持詞（代擬稿）〉，通篇使用官方書面語，戲謔調侃。寫這專欄的快樂經驗部分傳達到《我快要碎掉了》的開頭幾章，確實有一種遊刃有餘感。

黃：《黃色評論家》前面的三篇也有這種遊刃有餘感，我甚至覺得這幾篇堪稱傑作，你的多種閱讀經驗，各類寫作實驗，對自我的認真和對所處圈子的認識，真正的傷感和虛擬的疼痛，認真的思考和戲謔的筆調，文體試驗的自覺……以往小說單向敘事造成的限制，也在這種試驗中克服了，可以從中讀出很多以往小說（不止你的）中遺漏的東西。我不太滿意的是「肆」往下的部分，某種急切或峻急的情緒又開始籠罩在這幾篇之上，其中的諷刺和嘲弄，以及某些迫不及待的結論開始損害作品自身的完整性。你這些作品的寫作心境是不一致的吧？你設想過沒有，如果按照前面三篇的形式寫下來，或者後面幾篇的用意再複雜一點，這個作品會是一個什麼樣子？

走走：《黃色評論家》是我目前最喜歡的，因為它很小部分地呈現了這種嘗試的可能性。身體成為一種載體，承載當下稀釋了部分壓力的知識份子的精神狀況。寫《黃色評論家》那會兒，我剛寫完長篇《重生》，坦克、地震和怪獸的意象壓得我沒了寫作的生趣。為了舒緩自己的身心節奏，開始寫著玩兒。雖然每篇其實有其生活原型，但我只關注性與文本交媾的樂趣。（對，我那時剛讀完碩士的三年「文藝學」，所以對文本實驗頗有興趣，其間混合各種貌似正經的專業術語也很有趣。）有意思的是，最開始的兩篇，仍然首發在《城市畫報》上。

寫完第四篇後，我又有了形式上重複帶來的厭倦感。那時正好發生了百名作家抄寫某個講話的事情，我有了新的靈感，這就有了後續幾篇將性、文本與政治結合在一起的嘗試。所以，如果在你所謂的這個疏朗的地方繼續下去，應該就是性＋各種文體＋政治的書寫。政治的本質是一群人支配另一群人，為此創造出一套制度。兩個人的性也是一樣。它們都不可能真正自由獨立、不可能不受他人支配與控制。我相信，這個作品就是再擱幾年，也未必有人能寫出和我類似的來。但我總是懷疑其意義……

黃：你大概覺得你那一組跟現代文學史上的名人有關的作品更有意義吧。這些有實際原型，並且跟我們生活的時代不同的人，要想寫出他們，必然面對一個挑戰，那就是如何比他們的（理想的）傳記寫得好？小說會比傳記多出些什麼？一個名人，相對於普通人，他們本身就可能已經把自己活成一個複雜的人物了，你在寫這些人的時候，有沒有覺得他們本身比你的小說還複雜？如果有這個問題，你是怎

麼處理的？你最初設想這樣一批作品的時候，要表達什麼？

走走：小說和傳記沒法放在一起比，所以不存在是否寫得更好這一問題，只能說，我用小說方式處理，和用傳記方式處理有所不同。我最早還是在傳統小說的套路上嘗試處理「文革」記憶，八〇年代末事件，楊佳襲警等，即以真實事件為背景，以虛構的人物、虛構的情節來推動。實際上只是利用了背景而已。在這個嘗試過程中我發現只審視人物，不審視自己，是無法產生對人物的感—動的。同情之理解，理解之同情如何盡力接近？小說比傳記多出的，是一個虛擬維度。傳記是知其然，小說是努力知其所以然。我處理過一個投水自殺的作家，站在他那多年承受背叛的妻子一邊，試圖尋找出殘酷年代下小環境殘酷的原因。這不是我預先設定的。傳記是客觀呈現出A—Z，我所做的卻是從A導向Z之間的未知數。這些未知數是開放的。應該說，我的工作是用結果去創造原因。

我沒有考慮過複雜這一問題。因為我寫作這一系列的初衷是破解籠罩在我們之上的意識形態的祕密。我考慮得最多的是形式。我自己是編輯，有不少年輕人告訴我，但凡看到「文革」之類的題材，自動遮罩，「我已經知道你們要說什麼了，所以不想看」。我想把我嚴肅的嘗試變得普通世俗、淺顯易懂。我想到了類型小說，在處理儲安平失蹤之謎時，我創造了一個員警，他類似愛葛莎·克利斯蒂筆下的偵探，通過和儲安平有家庭關係、有工作關係、有社會關係的不同人等的對話，拼湊出一個也許更加接近真實的文學的儲安平。我真的是在不斷看材料、寫成作品的過程中第一次明白了一件事：對事業進取的野心和所謂理想化的政治抱負，是無法和生活的失敗相提並論的。為此我讓員警吸取了儲安平的人生教訓，他對家庭的愛讓他們全家安然度過了「文革」的衝擊，小說最終落進一層柔和的光影裡。

黃：你說的從A導向Z之間的未知數，我完全同意。只是傳記其實也並非你所謂的客觀，每個寫傳記的人，我想他也是想探索這個從A導向Z之間的未知數，否則就用不著反復寫一個人的傳記了，只要有一本扎實點的年譜就夠了。更進一步，我覺得這個探索未知數的過程，正是對複雜的探求，如果只是破解意識形態的祕密，弄不好會被簡單淺薄的東西帶進簡單淺薄之中。所以我很想知道——是不是你覺得這種形態的祕密非常難解，你在寫作過程中有什麼獨特的想法？或者你有沒有想過，其實你還是不自覺地在寫作過程中，把情感更多地投射到人身上了？

走走：回看過去，看那些曾經令人信以為真的虛假之物會比較清晰。這麼說吧，我想破解的祕密是我自己身上的軟肋。我的現實生活中如今有沒有這些虛假之物？有。我在它們面前會怎樣改變自己的生活形態？是一種紙上談兵，紙上給自己打預防針的方式。我希望這樣的準備沒有用武之日。我二十幾歲時戀愛的對象是一場運動一個地方上的學生領導，當時他對我說，做一個溫柔而勇敢的人是多麼困難。很多年後，在我面對談話，面對循循善誘，面對自己內心中一閃而過的卑怯念頭時我才意識到，溫柔而勇敢，如此困難。溫柔是人與人的關係，是意識形態無法清零的那一部分。勇敢是你承受選擇的艱難，承受對自己的失望。所以到了後來，我覺得我寫的和那些人物沒有關係。那些文本只和我自己有關。我寫何其芳刪改詩稿背後的恐懼，也是我自己的恐懼。

黃：「我想破解的祕密是我自己身上的軟肋」，說得真好。所有的寫作，在我看來，都是指向自身的，而對應該警惕之物，我們就是要提早練習（儘管有時只能是紙上的），以防它到來時，我們手足無措。並且，你擔憂的事情，自古至今，一

直在發生，所以不會沒有用武之日。但是，如果像你所說，你寫這批作品的動機是為了把嚴肅的敘述變得易懂，那麼這批作品的目的就是為了普及某些你認為已經確定的事實？這是不是說，你不過把你已知的東西加了個合適的小說帽子？小說的探索性在哪呢？我在讀你這批作品的時候，一個顯然的感覺就是，雖然你的視野開闊了，但很多人物的感覺，不像你前期作品那麼絲絲入扣，因而也少了動人的力量。是不是可以這樣說，或許在寫作過程中，從你自己到人物，移情還不夠，所以人物還缺少血肉，因而動人的力量還比較弱？

走走：我確實是用小說的形式反芻了我已知的東西，如果它們除了對我自己形成的意義之外還有其他的意義，它們的意義不在於探索性，在於試圖提醒讀者，這些已經被當代記憶排除在外的、被擊潰、被消失的人，曾經存在過。

這組小說最大的問題確實是我把那些人物當成了標本，我放棄捕捉他們彼時生命的樣貌。他們就像無根之木。我將一個個假人重新拋向自己的世界，去填補自己的問題。但我沒有為他們發聲，我只是在一個個書寫的過程中，試圖在那一夜假如來到時，「不要溫順地走進那個良夜」。在「語言即正義」這個層面上，想像他們是可能的，書寫他們是不可能的。

目前在我新的嘗試裡，我將自己放了進去，我希望能將對歷史的想像拉回歷史傷痛的發生場域。但三代人這樣緊密的垂直關係設定又會阻礙時代的橫向連接。總之還是困難重重，但我就是沒法不去背起過去的負擔。

黃：在我看來，你所謂的將假人拋向自己世界的方式，看起來是讓這些人物為你服務，梳理你已知的認識，其實這個過程本身反而是消耗的，因為那些曾經在歷史上高亮的人物，他們經歷的一切和自身的應對之道，本來就跟你思考的問題有關，他們在其中的掙扎和部分掙扎出來之後的歡欣，本來也該化為你自身的能量，但現在這些假人，只是向你索取能量、你寫作的熱情。也就是在這個意義上，我會說這批小說沒有滋養你。

這又要回到前面的問題，就是在寫這些人的時候，你必須給他們切切實實的安慰（雖然他們已經是逝者），如果不能給予，這些書寫還是外在的，力量就不夠大。不妨這樣假設，那些已逝的人們在你筆下復活，卻無法再過一遍他們的生活，他們要借助你的筆，把自己曾經的人生再走一遍。那麼，在從A導向Z之間的無數

未知中，他們如何選擇其中一條路來安頓自己？如果他們要自覺承負歷史的壓力，是不是可以問他們，你在做一些後人不願接受的事而為了更廣大的意義的時候，準備好承受責備嗎？責備了，他們不覺得委屈嗎？你說你「就是沒法不去背起過去的負擔」，那麼，怎麼背？只是換個題材，還用老辦法背嗎？或者換個背的辦法，更好地背負起那些不得不背的東西？

走走：關於那些已逝的人，鑒於我下一個物件是胡風，我以此為例吧。我的構思設定是寫一個鬼故事，串起文字獄史上的一些冤魂。但我不會再把他們處理成原地等待我的假人，我會讓他們在這個世界裡有所作為，就是說，主人公不再是以觀看者的敘事姿態，而是在自己的流亡歲月裡回看自己曾經得到過的來自鬼魂的一次次暗示（包括胡風、包括方孝孺等等），但他一次次聽從了自己成名、進入歷史的野心，最終妻離子散，一個人寓居遙遠的異鄉（這個也有原型）。我也想把自己放進主人公的內心，重新認識自己的野心。我意識到，過去那幾個作品只是呈現出了歷史傷害本身，但沒有作為，沒辦法開始一個沒有過去負擔的未來。這樣的話，我自己也成了那些傷害的俘虜，我也被我反對的東西傷害了。

關於過去的負擔，一種是選擇無視，專注自己，依靠自己找尋自身生命的個體存在意義。這樣的人不會變成鹽柱。但我已經因為各種原因回頭看了，我是不是要甘於變成一根鹽柱呢？

黃：既然是已經回頭的人，那就不是不回頭的那一類了，剩下的就是在回頭的過程中，避免變成一根鹽柱。或者，如果變成鹽柱是不可避免的（像在這個故事中一樣），那麼，就通過書寫，讓這個鹽柱成為典故也好吧。

走走：或許是吧。在對這一問題的回答過程中，我大概理清了如何處理胡風的寫作思路。我要確立小說人物的自我能動性。如果我認同了歷史是與生俱來的，那其實是天真而危險的。過去的寫作我執著於在既定歷史層面找出點差異，其實還是被困在原來的位置。如果沒有重新建構身分的可能，那麼所有的書寫又到底所為何來。

黃：你不久前寫的「棚戶區」系列，我覺得是一個很大的變化。在你此前的作

品中，只存在一個青春期和青春期過後不久的女孩的童年，她對童年最大的看法是怨懟——如果不是那樣，怎麼會有這樣的「我」？這樣一個鬱鬱寡歡、心思複雜、跟社會格格不入的「我」？如果我們把青春期的問題往童年上歸因，大概誰都會得出這樣的結論。但在「棚戶區」系列作品中，我看到一個越過了青春期障礙，開始出現一個童年、少年和青年時期複合在一起的童年，這個童年，像你自己說的，「『我』接受了作為他者的養母的愛。建立一種穩定的關係其實也是在放棄我對我自己的專制」。青春期視角下的童年，整個社會彷彿都欠著自己，其實那不過是一種隨突然長大而來的幻覺，等這種對抗性幻覺消散，你對自我的保護也好，你所謂的對自我的專制也好，就慢慢放鬆了，一個經過反思的童年階段出現了。這樣的童年，就可以避免你朋友所說的出賣童年的嫌疑。你想過沒有，你在哪種童年裡，自己和被寫的人更多的得到了安慰而不是冒犯？聯繫你前面文本掠奪性和嗜血性的話，你怎麼看待這批作品？

走走：應該說，內心活動最接近童年原貌的，肯定是我早期的那些。最新的「棚戶區」系列，很多是從我養母口中聽來的關於我的童年故事。早期的作品，我只能從我唯一擁有的自己的記憶與情感中去捕捉我以為的事實，所以是向內的寫作。很遺憾我那時太年輕，沒能由此對生命本質有所領悟。我養母身上有很多值得一寫的故事，當年金宇澄說，「你只要寫好你媽媽就夠了」，當時我心氣盛，覺得那是利用題材之便，他說過後我便再也不碰。

寫這組的時候自己生了場大病，和養母年輕時的大病經歷有所重疊，我們兩個都向對方有所敞開，我也開始向外的寫作。這一次的系列裡，我回看我長成的生命故事，交織進她的人生。其實孩子的人生，也是母親的人生。另外生病本身也讓我意識到，就像我出生後被放棄一樣，在我自己的意識之外，總有其他力量存在。所以寫著寫著，我也明白到：我不只是我以為的一個人。我也和我筆下我曾經相處過、曾經認識過的任何人，任何不好的但我必須接受的事物一起生活。我們總是和他人一同生活，我們和他人的相處方式塑造了我們，實際上再構了我們。可能是因為認識到了這一點，這組文本同時向內又向外，有了一種妥協。

另外，我覺得無論是「棚戶區」還是早期的那些，其實都談不上安慰或是冒犯，安慰或冒犯，都是基於「自己是與眾不同」這一點，都有某種居高臨下。我只能說，我自己得到了滿足。因為我真誠地描述了和自己有過交集的眾多他人的生活。

黃：所謂的內心活動和童年記憶，並不是一個所謂的客觀存在，而是可以被不斷理解的一段經驗，你理解到什麼程度，這個童年就起什麼作用。我從「棚戶區」系列裡看到的，是此前的不少怨憤情緒被清理了，其實等於在寫作中重新過了一次童年，更新了童年經驗。比如你寫作過程中意識到的，「我不只是我以為的一個人」。「我們總是和他人一同生活，我們和他人的相處方式塑造了我們，實際上再構了我們。」寫作，就是馴養這些他人以及自己，跟這些人「建立感情聯繫」。對我來說，這才是真正的「向內寫作」，認知他人，認識自己，進一步梳理自己的來路。這不是一種好的寫作方式嗎？

走走：其實我不覺得早年的怨憤有什麼不好。我今天也沒法自信地說，我真的放下了那一個個瞬間，一幕幕我從未遺忘過的場景。如果你覺得我清理了，不是我重新過了童年，而是我講述的能力提高了，它們隨著我平和的訴說而看似變了樣。今天的我有足夠的寫作能力將事情重新排列組合，使它們符合我需要的結局。但事實上，我不願意更新自己的童年經驗。我明知它在哪裡。我現在只是在它周圍種上樹，種上花，我清清楚楚地看著它說謊，但是別人不知道。

我覺得很難描述這種說謊的比喻。我描述了他人的生活沒錯，因為我無視了那部分自己。我沒有掩蓋，但我現在是以「其實並沒有發生什麼」的態度在說。這其實也是一種說謊。寫這一組的幾個月裡，我自己的精氣神不算強悍，而且我真的想去瞭解自己的生命。也許這個階段的文本改行茹素？我沒有感覺到它對我的掠奪和壓榨。也許是因為我明白了生命狀態就是與他人、他物共存，所以我必須努力和他們／它們建立起責任關係，我學著善待我養母，也善待我身體，焦慮感有所減輕。當然這也使我懷疑：它們到底是散文還是小說呢？

黃：你關於文體的擔憂，我覺得是過慮了，或者這種擔憂根本上是一個誤解。我們現在太容易把自己歸為某種文體的寫作者，好像小說天生跟隨筆有差別，隨筆又跟論文有差別，論文又跟什麼什麼有差別。我覺得這是後置的概念影響了寫作，寫作應該沒有這麼多條條框框，一個介於虛構和非虛構的作品，一個不知道是散文還是小說的東西，只要是一種嘗試【隨筆（essai）一詞的本義】，那就是好作品，至於屬於小說，屬於散文，屬於隨筆，跟寫作者本身無關。對我來說，我才不管一

個作品該歸入哪一類，它只要給了我啟發，我受益良多，這就夠了。「努力和他們／它們建立起責任關係，學著善待養母，也善待我身體，焦慮感有所減輕」，我覺得這就是好的寫作。

走走：希望你說的是對的，這也會給我的寫作一點鼓勵。對現階段的我來說，重要的是看清這個時代「永恆的當下」，目前我的力量還有所欠缺，所以只能靠時間空間的轉換來消解掉一些寫作能力的問題。從這個角度繼續深化，將良知、敏銳呈現出來，是我可以走下去的一條路。另外我覺得遺憾的是，直到目前為止，我很多文本只停留在嘲諷、批評階段，還沒有寫出自己的世界良圖。我認為美好的、乾淨的、正直的心理空間，應該是什麼樣的風貌呢？這也許也和你批評我的，「取法乎中，僅得其下」有關。如果能「取法乎上」，我也許也會呈現出不一樣的寫作視野。

當代名家・走走作品集1

黃色評論家

2018年5月初版 定價：新臺幣360元

著者 走走
編輯主任 陳逸華
叢書編輯 黃榮慶
封面設計 陳恩安
內文排版 極翔企業有限公司

出版者 聯經出版事業股份有限公司
地址 新北市汐止區大同路一段369號1樓
編輯部地址 新北市汐止區大同路一段369號1樓
叢書編輯電話 (02)86925588轉5307
台北聯經書房 台北市新生南路三段94號
電話 (02)23620308
台中分公司 台中市北區崇德路一段198號
暨門市電話 (04)22312023
台中電子信箱 e-mail：linking2@ms42.hinet.net
郵政劃撥帳戶第0100559-3號
郵撥電話 (02)23620308
印刷者 世和印製企業有限公司
總經銷 聯合發行股份有限公司
發行所 新北市新店區寶橋路235巷6弄6號2樓
電話 (02)29178022

總編輯 胡金倫
總經理 陳芝宇
社長 羅國俊
發行人 林載爵

行政院新聞局出版事業登記證局版臺業字第0130號

本書如有缺頁，破損，倒裝請寄回台北聯經書房更換。 ISBN 978-957-08-5107-6 (平裝)
電子信箱：linking@udngroup.com

國家圖書館出版品預行編目資料

黃色評論家/走走著．初版．新北市．聯經．
2018年5月（民107年）．280面．14.8×21公分
（當代名家‧走走作品集1）

ISBN 978-957-08-5107-6（平裝）

857.7 107005142